一字一句皆入魂

吴俣阳 著

台海出版社

目 录

● 明·仇英《汉宫春晓图卷》（局部）

壹

司马相如

只想陪你一起慢慢变老

对于司马相如这个名字，大家并不陌生，而他和卓文君共同演绎的私奔"戏码"，更是人们耳熟能详的典故，不仅被司马迁记载在《史记》里，还被那些或浓或淡的时光，悄悄地珍藏在了岁月的流痕里，历两千余年而始终不衰，不得不说，即便是梁山伯、祝英台再世，面对他，也不得不自叹弗如。

成都小子司马犬子

很少有人知道，司马相如还有个难登大雅之堂的名字。在他刚刚落地的时候，父母用"犬子"做了他的名字，听上去既亲切又通俗，大概就相当于"狗子"的意思，但着实不是那么雅致。兴许，司马相如的老爹老妈之所以用这两个字做了儿子的名，就是希望他无病无灾地长大成人——古代民间认为，孩子用贱名好养活。

不知道司马相如是不是自己也觉得犬子这个名字着实不雅，总之，长大成人后的他便把"犬子"二字改成了"相如"，说是念慕战国名臣蔺相如之故。不过，不管是出于什么缘故改的名，"相如"二字确实比"犬子"要雅致得多。

司马相如出生在成都，青少年时期曾在蓬州（今四川省南充市蓬安县）生活过，但基本上可以认定他就是成都人。从他花了四万钱通过赀选（汉代选官方式之一，花钱买官）得为郎官来看，家中应该还是有些底子的，用现在的标准来衡量，最次也是个小康人家吧！

司马相如买官的事发生在汉景帝年间，当时他还相当年轻，风华正茂，加上他又有着过人的才华，按理说，进入朝堂后，即便是一步一个脚印地慢慢往上走，迟早也会得到皇帝的青睐，但他这个人实在不会溜须拍马，在汉景帝身边待了好几年，偏偏还是个丝毫没有存在感的透明人。

才子司马相如心情很郁闷。为了跻身官场，家人散尽家财，好不容易才捐了一个郎官，如果不能出人头地，以后的日子可怎么办？

摆在他面前的现实是冷峻而又严酷的：要么就通过自己的努力，让皇帝注意到自己，从此平步青云；要么就看着这四万钱打了水漂，继续浑浑噩噩地虚度时光。但是，司马相如怎么会自甘平庸呢？

要说起来，司马相如步入仕途的起点并不算低。平时酷爱剑术的他，职务是武骑常侍，官位虽不高，却是皇帝身边正儿八经的近侍护卫，按理说，只要他运作得当，早晚会引起皇帝的注意，以他的才华，想要平步青云，还不是手到擒来？遗憾的是，口吃的毛病，让他在皇帝面前减分不少，再加上汉景帝对诗文和政治革新都不感兴趣，终景帝一朝，他都没有找到施展才华的机会。

司马相如眼看着和他一起进入宫廷的同僚，一个个都得到了迁升，而他依然在原地踏步，他内心的郁闷、惆怅无法言说。

西汉没有科举考试，当官的途径多以推荐为主，但即便当了官，官员的俸禄也是非常低的，低级官员的俸禄甚至不足以维持基本生活，而要想拿到丰厚的俸禄，那就得等慢慢熬到高级官僚的位置上去。眼下，司马相如不过是皇帝身边一个小小的近侍，距离高级官僚还有十万里之遥，就这么回去了，先前花掉的四万钱不就竹篮打水一场空了？

这四万钱，不仅是司马相如步入仕途的媒介，也是禁锢束缚他的一道绳索，让他即便在汉景帝面前卑微得抬不起头来，最终还是不敢轻言放弃。他想，不受皇帝待见便不受待见吧，皇帝把自己当作下贱的犬子便由着皇帝去吧。司马相如坚信是金子就总有发光的一天，皇帝终有一天会发现他身上的闪光点，而不再把他视作一个说起话来就结巴的小透明。

司马相如怎么也没有想到的是，自己终日守护的皇帝不待见他，可皇帝一母同胞的弟弟梁王刘武却意外地成了他的伯乐，或许，这就是时来运转吧！

梁王是汉景帝的胞弟，也是汉景帝之母窦太后最宠爱的儿子，除了没能当上皇帝，该有的荣华富贵他都有了，慢慢地，便对那位高居朝堂之上的皇帝哥哥起了不臣之心。他开始暗中在朝堂里培植自己的势力，而向来不被汉景帝看重的近侍司马相如，竟然也成了他竭力拉拢的对象。司马相如并不知道梁王之所以接近他，不过是想要通过他打探到更多的内部消息，好及时掌握汉景帝的动向，居然天真地以为梁王是真的赏识他的才华，久而久之，便起了离开朝堂，跟梁王一起去睢阳的心思。

　　就在司马相如一门心思想要跟梁王一起去梁国一展抱负，并积极规划自己的未来人生之际，梁王也加快了谋取皇太弟之位的速度，整个朝堂陷入了你争我夺的态势当中。尽管梁王的心思，司马相如也一一看在了眼里，但他对这些事并不感冒，皇帝立皇太子还是皇太弟，对他来说都是身外事，将来谁当上皇帝，也只是皇家自己的事，跟他司马相如没关系。他唯一关心的便是谁能让他出人头地，能让他这满腹的才华找到用武之地，不至于浪费了他这十数年寒窗苦读的学问。

　　梁王不仅有当皇帝的野心，也很注重搜罗人才，对自己身边的士人向来都很尊重，而且极度热爱诗文，跟着梁王，他一定会有机会发挥自己的才干。所以，经过一番深思熟虑后，司马相如果断给汉景帝上了一份请辞的奏章，声称身体出了问题，要先回乡好好休养一番，等养好了身体再回长安为皇帝效命。

　　汉景帝本就不待见这个一说话就结巴又显得有些木讷的后生，便顺水推舟，应了他的辞呈。

　　不久，梁王在争夺储君的斗争中失败了，彻底断了当皇太弟的念想。司马相如便跟着梁王来到了他的封地梁国。他被梁王奉为座上宾，并得以结识邹阳、枚乘、庄忌等当时天下最为著名的辞赋大家，成为梁王身边最红的门客，可谓风光无限，和从前在汉景帝跟前当职的境况比起来，那可真是一个天上，一个地下。

　　其时，梁王因为谋立皇太弟以失败告终，几经挣扎后，终究还是收起了非分的念头，一门心思地扎进了诗文的研究中，而满腹才情的司马相如便受到了他的青睐，得以在西汉文坛脱颖而出。

　　在梁王的帮助与支持下，司马相如在梁国写出了辞藻华丽的《子虚赋》，不仅为自己赢来了无人可及的声望，更为梁王博得了善于发现人才的美名。自此后，人们再谈起梁王，都不再论及他为当上皇太弟干了多少不好的勾当，而只记得他在梁国境内组织了当时最为豪华的顶级文化圈子。

　　在梁王组织的阵容强大的文人圈子里，司马相如的才华终于有了用武之地，而这也为他日后能够得到汉武帝的赏识埋下了伏笔。凭良心说，梁王刘武对待司马相如，那真是好得没法说，如果把司马相如比作一匹千里马，那梁王定然就是他的伯乐，也就是说，没有梁王，就不会有写出《子虚赋》的司马相如，后世到底会不会知道司马相如这个人，也只是个未知数。所以，从这个层面上来说，司马相如是应该感激梁王对他的知遇之恩的。

　　遗憾的是，梁王天不假年，因为得了一场热病，仅仅过了六天，便一命呜呼，撒手人寰了。梁王去世的那一年，是

清·钱松嵒《蜀道行旅图》

公元前144年，距离司马相如跟随他来到梁国，也不过才短短的六年时间。谁都没想到，精力旺盛、孔武有力的梁王，竟然死在了终日病恹恹的汉景帝前头，就连窦太后都忍不住公开发出了"帝果杀吾子"的声音。

不管梁王到底是病死的还是被害死的，对司马相如来说，都无异于一记当头闷棍。失去了欣赏他的梁王的庇护，他在梁国的处境也变得愈发尴尬起来。左思右想后，他便又做出了一个惊人的决定，离开睢阳，回到故乡。那时的司马相如怎么也不会想到，他做出的这个决定，不仅让他远离了是非之地，还让他邂逅了一段旷世奇缘，成就了他在文坛与情坛两千余年的美名。

凤求凰

离开梁国回到成都的那年，司马相如已经35岁了，却依然单身。这可急坏了他身边的一帮亲朋好友，个个都想要替他张罗亲事。只可惜，他在年纪和家境上都不占任何优势，空有满肚子的才华，却又身无长物，有谁会愿意嫁给他，跟着他一起吃苦受罪呢？

在成都待了没几天，司马相如实在是受不了亲眷们的絮叨，便起身前往临邛县拜访同窗兼好友王吉去了。说起这个王吉，倒也算是个人物，尽管没有司马相如那般才华横溢，但人家命好，早就当上了临邛县令，日子比司马相如风光多了。

司马相如一来，王吉便拿出好酒好菜，热情地招待了这位多年不见的老同学。酒酣耳热之际，王吉向他"兜售"了一计，誓要让他成为临邛首富卓王孙的女婿，从此过上快活赛神仙的逍遥生活。

司马相如好歹还是有些自知之明的，他非常清楚，凭借自己的条件，能有适龄的小家碧玉愿意嫁给他，就已经是天大的造化，又怎敢奢望娶上临邛首富卓王孙家的千金小姐？

王吉故作神秘地盯着司马相如说，你可是在皇帝身边当过差的，又是梁王生前最为器重的大才子，卓王孙的女儿能嫁给你，那是她攀了高枝，再说了，她又不是什么黄花大闺女，一个死了丈夫的寡妇，你不挑她就已经是卓家烧了高香了，卓家怎么还能挑你呢？说来说去，王吉让他娶的竟然是个寡妇，司马相如的脸色立马就变得不好看起来。

王吉瞬即看穿了这位老同学的心思，连忙解释说，卓家的女儿虽然是个寡妇，却生得花容月貌，是方圆百里有名的大美女，而且年方十七，还是一个花季少女，就算结过一次婚，也没什么大不了的。再说了，现如今，来卓家提亲的男人依旧络绎不绝，可卓家的女儿却咬死一条，非才士不嫁，这对以才名著称的他来说，不是再合适不过了嘛！

王吉眼见得司马相如渐渐被他说动了，连忙趁热打铁地说，若是长卿有意，他便好事做到底，定教他司马相如如愿抱得美人归，这一来，不仅一劳永逸地解决了他娶不上老婆的问题，还能让他平白得到卓家的丰厚陪嫁，何乐而不为之？

听了王吉的一番话，司马相如那颗微澜不惊的心终于蠢蠢欲动了。然而，他毕竟是有点自知之明的——即便他有心想与卓家的小姐成其好事，恐怕也只是剃头挑子一头热的事，还不如一开始就不要动这样的念头，也省得日后传将出去惹人笑话，说他司马相如癞蛤蟆想吃天鹅肉，不自量力。

王吉继续给司马相如打气，你忘了我还是临邛县的父母官了吗？只要有我在临邛一天，你和卓家千金的好事就包在我身上了，不过你在临邛小住的这段日子，一定要配合好我，见机行事，管教那卓王孙对你佩服得五体投地，迟早会把他那个宝贝女儿送到你门上来。

从此，司马相如住在王吉给他安排的都亭中，继续作他的文章，写他的辞赋，唯一不同于以往的是，王吉三天两头就拿着名帖来拜访他，每次来都对他恭敬有加，一口一个"先生"地叫着，比对待上官还要上心。日子一久，整个临邛县的百姓都知道了司马相如这个人，对他的好奇心与日俱增。

没过多久，先前还对王吉礼待有加的司马相如，面对王吉不断的造访，开始显得很有些不耐烦。王吉再来时，他便称病不与之相见，只打发一个看门的小童出来答话。可王吉并不因为司马相如的不耐烦而显得懈怠，反而变得更加恭敬，照例隔三岔五地去都亭拜访司马相如，哪怕每一次去都碰得一鼻子灰，也从未有过丝毫的愠怒。这一下，整个临邛县都轰动了，这司马相如到底是何等人物，县令都把他奉若上宾了，他怎么还如此不识抬举，竟然连门都不让县令进？

那段时日，临邛县的所有百姓，只要聚到一起，茶余饭后议论的焦点，肯定绕不开县令王吉和司马相如，久而久之，这风声也传到了卓王孙耳里，即便贵为临邛首富，亦免不了俗，很快便对司马相如这个异乡客产生了浓厚的兴趣。

没过多长时间，卓王孙就把司马相如的底细打探了个底朝天，原来这小子居然在皇帝身边当过差，还是梁王生前最器重的文人，不仅写得一手好辞赋，就连枚乘、邹阳等大文豪也都对他赞叹有加，难怪县令大人对他如此尊崇呢！

卓王孙虽然很有钱，但也喜欢附庸风雅。他知道了司马相如的底细后，便琢磨着要把这位贵客请到家中做客，一来是好让自己在生意场上的朋友们面前好好地露一露脸，二来是借机跟县令父母官拉拉关系，三来也是想见识见识这个举世无双的大才子到底是何等的风采，一举多得的事，何乐而不为？

想到就做到，卓王孙很快就派人拿了名帖去都亭邀请司马相如到府上做客，没想到司马相如倒也没有忸怩作态，立马就应承了下来，这下倒轮到卓王孙百思不得其解了。这恃才傲物的司马相如，平时连县令的面子都不肯给，怎么自己一出马，他都没客套一番就答应了呢？

卓王孙哪里知道，司马相如等的就是这一天。王吉的恭敬有加，司马相如的称病不见，不过都是一出精心策划的大戏罢了，目的就是要他卓王孙这条大鱼上钩。

那天，卓王孙还特地邀请了王吉和城里有头有脸的商人来给司马相如作陪，可左等右等，所有人都来了，偏生这主角司马相如还是没有来。无奈之下，卓王孙只好派人去请，可请了几个来回，对方都只是一句话打发了小厮回来，那就是突然患病，来不了了。这下可把这临邛首富急疯了。

司马相如没有来，王吉也不敢下箸先吃，卓王孙这个尴尬啊，只恨不能立马挖个地洞钻下去。最后，还是王吉出面化解了这个尴尬，由他亲自去都亭奉请司马相如，这一来二去的，双方又拉锯了多时，司马相如才万般不情愿地跟着王吉来到了卓王孙府上。

司马相如一出现，整个卓府都沸腾了起来，大家都忘了他先前的傲慢与摆谱，被他出众的仪表和满腹的才华所折服。卓王孙更是乐得合不拢嘴，一边一口一个"俊士"地奉承着他，一边不停地举杯向他敬酒，气氛那是相当热烈。

酒过三巡，王吉忽然提议让司马相如给大家即兴弹奏一支曲子。司马相如毫不推辞，立马从王吉手中接过古琴便弹了起来。卓王孙见此，更是兴奋得手舞足蹈，甚至带头给司马相如鼓起掌来。

卓王孙哪里知道，自己正一步一步地落入王吉和司马相如设计好的圈套，更不知道王吉之所以让司马相如弹琴，就是要司马相如用琴音引起他深居闺中的女儿的注意，让他的宝贝女儿对才华横溢的司马相如死心塌地。王吉早就打听到了，卓王孙这位孀居的女儿自幼精通音律，司马相如若能以琴音打动她的芳心，这事也就成功了一半，所以才出现了在酒席上力邀司马相如弹奏一曲的场景。

司马相如自然不敢马虎，随即用他心爱的绿绮琴弹奏了一曲余音绕梁的《凤求凰》。曲子是他自己编的，而且是特地为精通音律的卓家小姐编的，曲调缠绵悱恻，悦耳动听，仿若是天上才该有的乐声，不一会儿的工夫，就把那藏身在深闺中的卓家女儿卓文君引了出来。

卓文君自然不敢堂而皇之地出现在大家面前。尽管已经出嫁过一次，但她还是深谙男女授受不亲的道理的，所以当她被司马相如的琴音引出来之际，也保持住了一个千金小姐该有的体面，只是小心翼翼地躲在屏风后面偷偷地听他弹奏。

　　终于，她还是忍不住从屏风后探出头来，偷偷地打量了他一眼，而他的目光也正好定定地落在她娇俏妩媚的眉眼间。

　　四目相对，两个人像被电到了一般，瞬即都变得心猿意马起来。卓文君立刻缩回脑袋，依旧藏身在屏风后默默关注着大厅里的司马相如，大气都不敢出一声。而席间的司马相如却是一时乱了心志，也不管别人听得懂还是听不懂，竟然对着屏风的方向，接连唱了两首表明爱慕之情的琴歌。

凤求凰

其一

有一美人兮，见之不忘。

一日不见兮，思之如狂。

凤飞翱翔兮，四海求凰。

无奈佳人兮，不在东墙。

将琴代语兮，聊写衷肠。

何日见许兮，慰我彷徨。

愿言配德兮，携手相将。

不得于飞兮，使我沦亡。

其二

凤兮凤兮归故乡，遨游四海求其凰。

时未遇兮无所将，何悟今兮升斯堂！

有艳淑女在闺房，室迩人遐毒我肠。

何缘交颈为鸳鸯，胡颉颃兮共翱翔！

凰兮凰兮从我栖，得托孳尾永为妃。

交情通意心和谐，中夜相从知者谁？

双翼俱起翻高飞，无感我思使余悲。

在见过卓文君的庐山真面目后，司马相如就笃定了要娶她为妻的决心，哪怕当着众人的面，毫不羞怯地唱出心中所想所念，他也要让那位躲在屏风后面偷窥他的娇佳娘明白他对她的一番心意。

十七岁的卓文君，虽然已经结过一次婚，但在司马相如如此直白的挑逗下，还是没能做到绝对的冷静。她知道他是在用琴音撩拨她，也知道他在大胆地呼唤自己，并暗示她让她和他一起私奔，成就一段美满姻缘。

她自然是喜欢他的，他仪表不凡，相貌俊朗，又是当今天下不可多得的俊士才子，是她理想的夫婿人选。然而，向来贪财好利的父亲能同意这门婚事吗？知父莫若女，卓文君很清楚，即便司马相如才贯古今，父亲也不会同意把她嫁给这个穷小子。那么，他们的结合真的便只剩下私奔一途了吗？

私奔，私奔，到底是因私而奔，传将出去，自然不是什么好事，可要等司马相如拿着生辰八字到府上登门提亲，势必会以失败告终，与其那样，倒还不如依了他的意思，跟着他一走了之，也省去了更多的周章与麻烦。可自幼熟读诗书的卓文君也知道私奔是见不得人的事，左思右想，一时间反倒着了难，

● 明·仇英《人物故事图·吹箫引凤》

竟不知道该如何是好了。

就在她左右为难之际，宴席也散场了，当她躲在角落里用不舍的目光，看着被众人簇拥而去的司马相如时，眼角愣是掉出了两粒晶莹的泪珠来。万万没想到，在散场之前，司马相如悄悄地找到她的侍婢，并让侍婢给她带了话，让她在月到中天时与他在后园相会。听了侍婢的话，她不仅一点都不震惊，反而还有些窃喜。

大才子司马相如和大才女卓文君，便这样在月亮的见证下私奔了。卓文君甚至没来得及收拾细软和衣物，就跟着司马相如跑了——为了爱情，为了她心仪的男人，她什么都不要。

怀着满心的欣喜跟着司马相如来到成都后，卓文君才发现她选的这位如意郎君简直穷到了极点，不仅家徒四壁，就连温饱都成问题。打小过惯了锦衣玉食生活的卓文君哪里受得了这个苦？可丈夫毕竟是她自己选的，到了如今这个地步，也只好拿"嫁鸡随鸡，嫁狗随狗"的老话来安慰并激励自己了。

别看卓文君从小十指不沾阳春水，可自打嫁给了司马相如后，她倒也能上得厅堂，下得厨房，很快就把家里收拾得井井有条。然而司马家确实是太穷了，即便她典当了随身带来的所有首饰，每天都勒紧裤腰带过日子，生活还是难以为继。无奈之下，她只好打起了娘家的主意，想要回临邛去找爹妈接济。回娘家？想得容易，真要做起来，却是难上加难，当初她可是背着父母跟司马相如连夜私奔的，现在回去，不是自取其辱吗？再说了，这节骨眼上，爹妈肯定正恼着她呢，能不能让她进门尚且两说，又怎能指望他们接济呢？

　　思来想去，卓文君愣是想出了一条妙计来。她让司马相如卖掉了王吉送他的马车，然后雇了一辆车，轻装上阵，从成都回到了临邛，并用卖马车得来的钱，在卓王孙家附近盘了个店面，居然大张旗鼓地卖起酒来。为了生计，卓文君也顾不得颜面了，每天都站在店门前招揽生意，并亲自给前来买酒的各路客人沽酒。当然，司马相如也没闲着，竟也围起了长裙，干起了洗杯刷盏的粗活。

　　临邛首富卓王孙的宝贝女儿，竟然成了当街抛头露面的沽酒女，这一爆炸性的新闻很快便传遍了县城的大街小巷。大家都争先恐后地跑到他们的酒坊买酒，抢着一睹卓文君的风姿。一时间，起哄的，想揩油的，看笑话的，无不有之，卓文君也顺理成章地成为临邛县的知名人物。

　　女儿当街沽酒，不仅让卓王孙丢尽了颜面，更要了他的老命。想他们卓家自打秦始皇时由赵国邯郸迁居蜀地后，便以开采铁矿冶铁为生，并成功跻身大富豪之列，家中光奴仆就多达八百余人，这样的人家，又怎能眼睁睁地看着女儿去做卖酒的勾当呢？面对女儿出格的行径和乡邻的讥笑，卓王孙自是气不打一处来，可他又不甘心轻易向女儿认输，便只好装病闭门不出，逼着自己不去理会这些糟心事。可装病也不是长久之计，家里还有一大摊子的生意等着他去处理，总不能一辈子都待在家里不出去吧？

　　这边厢，卓王孙天天躲在家中大门不出，二门不迈；那边厢，卓文君依旧风情万种地站在酒坊门前，热情地招呼着各路客人。久而久之，卓家的亲戚朋友们也看不过眼了，接二连三地登门拜访卓王孙，劝他与女儿达成和解，省得卓文君继续在外面丢人现眼。最后，卓王孙实在是丢不起这个脸了，无奈之下，只好向女儿低头认输，不仅派人给女儿送去了几百万钱，又从家中分拨给她一百多个奴仆，甚至还给她送来了价值不菲的嫁妆，也就等于变相承认了她和司马相如的婚事，而唯一的条件，就是他们必须马上把酒坊关张。

卓文君等的就是这一天，先前之所以拉着司马相如回临邛开酒坊，不过是要逼父亲主动周济他们，现在目的达到了，那酒坊自然也就没有继续开下去的必要了。为避免卓王孙产生尴尬，司马相如很快就把酒坊盘了出去，然后便带着卓王孙给的钱财和奴仆，带着卓文君，辞别卓家人和他们的月老县令王吉，再次踏上了返回成都的路途。

这一次回到成都，司马相如立马便从一个一穷二白的布衣，摇身变作了一个新晋富人。在卓文君的操持下，他们在成都最繁华的地带买了一处豪宅，又在近郊买了不少土地肥沃的田亩，自此后，穿的是绫罗绸缎，吃的是山珍海味，每天从早到晚都有分工不同的奴仆侍候着他们。

在皇帝跟前不得志，好不容易盼来赏识他的梁王，却不意梁王又是个短命鬼，司马相如的前半生，似乎只能用蹉跎或一言难尽来形容。谁能料到，回到蜀地的他，会遭遇如此奇妙的缘分，不仅如愿抱得美人归，还平白得到了这许多的财富，看来这就是命中注定，该来的，不早不晚，总还是要来。不过你要是觉得司马相如的好日子也不过如此，那就大错特错了，毕竟，他如花似锦的前程还在前方等着他呢！

"开挂"的人生，痴缠的情缘

公元前141年，年仅16岁的汉武帝刘彻继位。和父亲汉景帝不同，汉武帝不仅治国有方，还特别喜爱辞赋。司马相如也就有了脱颖而出的机会。

从前在汉景帝跟前当职时，司马相如和同乡杨得意的关系很好，汉武帝即位后，杨得意出任狗监，负责在宫廷里饲养猎犬，很受小皇帝的宠幸，便趁机向汉武帝推荐了司马相如在梁国时所作的《子虚赋》，狠狠地把司马相如吹捧了一番。欣赏赞叹之余，汉武帝当即下诏，将司马相如从成都召到京城，并由此开启了他的"开挂"人生。

司马相如非常珍惜这次面圣的机会，在见过汉武帝后，他立即仰承上意，以天子打猎为主题，当庭铺纸挥毫，写下了一篇可以与《子虚赋》相媲美的《上林赋》。此赋写得气势非凡，汉武帝阅过之后，爱不释手，当即封其为郎官，留居长安。

从表面上看，司马相如这次得授的官职，与汉景帝时期相比，好似并没有什么质的变化，但汉武帝是真心器重他的。所以，在郎官的位置上没待几年，他便又被拜为中郎将，得到了皇帝的重用。

其时，大汉皇朝经过几代先帝的开拓，国力达到空前的强盛，百姓都过上了安居乐业的生活，汉武帝的政治野心也随之愈来愈膨胀，他不但决心要与北方的匈奴正面对抗，还想将南越收入囊中。

就在汉武帝为打败南越大费周折之际，朝臣唐蒙意外地发现，从夜郎可以直接抵达南越。汉武帝便决定派唐蒙前往靠近夜郎的川蜀大地，为最终征服南越提前做好准备。

唐蒙一到川地，就发动了大量巴蜀士卒，开始修筑通往夜郎的道路。然而，没过多久，很多士卒就因为气候、疾病、劳累开始逃亡。为了阻止士卒逃亡，唐蒙采取了严酷的责罚制度。渐渐地，官兵、官民矛盾日益激化。

巴蜀前线的态势，很快就传到了远在长安的汉武帝耳里，尽管这位皇帝是个好大喜功的主儿，但也不是昏庸之人，在了解完川地的情势后，经过各种权衡利弊，最后决定派遣生在蜀地、长在蜀地的司马相如前去责备唐蒙，并顺便晓谕当地百姓，唐蒙的所作所为并不是皇帝的意思。

司马相如到了川地后，立即发布了《谕巴蜀檄》，以亲民的态度来开导当地的老百姓，将他们的忧虑消弭于无形，继而批评巴蜀吏民"人怀怒心，如报私雠"，进一步说服蜀中父老理解并支持中央的通边大业，最后更要求唐蒙及时传达"陛下之意"。文字徐徐渐进，不仅解开了百姓的心结，更化解了各种矛盾，达到了安抚人心的目的。

司马相如一出马，就替汉武帝解决了一个棘手的大麻烦，这让年轻气盛的皇帝更加对他另眼相看，渐渐便视之若心腹，但凡遇到疑难问题，都会积极向其请教，所以，尽管司马相如的官阶不高，朝中也没有几个人敢小觑了他。

公元前130年，司马相如迎来了他人生中最为辉煌的时刻。他得到了一次出使的机会，而这次远行，更奠定了他在西汉历史上的地位，人们再谈论起他时，也不会只想到他那曲《凤求凰》了。

当时，西南地区有很多大小不一的部落和王国，它们都不受汉朝直接统治，其中影响力最大的便是唐蒙带兵开道的夜郎国。在修路的过程中，汉武帝赏赐了很多财物给夜郎国的国君，周边的部族都相当眼红，便纷纷向大汉示好。于是，好大喜功的汉武帝又开始蠢蠢欲动起来，有了将西南夷变为大汉郡县的心思。

由于国家长期对北方的匈奴作战，导致国库空虚，政府财力相当紧张，所以很多大臣都竭力反对开辟西南夷，甚至不惜公开与皇帝唱反调，这让汉武帝举棋不定、左右为难。这个时候，司马相如却坚定不移地站在了汉武帝的一边，他不仅大张旗鼓地主张和平开发西南夷，还向汉武帝详细陈述了开辟西南夷的各种好处，果断劝说汉武帝力排众议，将西南各部落纳入大汉版图。

汉武帝觉得司马相如的话说得很在理，便让他以中郎将的身份出使西南夷，与西南各部落商谈归顺朝廷的大事。司马相如这次的出使规格非常高，阵容也非常庞大，这让他想到了他的偶像蔺相如。蔺相如不辱使命，完璧归赵，他司马相如此番出使，定然不能辱没了前人，所以，只许成功，不许失败。他拿着天子亲自颁发的符节，起身前往巴蜀，不仅有几员大将一起陪同着上路，而且受到了巴蜀太守超规格的接待，可谓风光无限。

这一次，司马相如终于扬眉吐气了。望着成群结队前来迎接他的父老乡亲们，他体会到了什么叫作衣锦还乡。对比从前在汉景帝跟前当职时不受待见的情景，简直有着天壤之别，而这也更坚定了他要做出一番大事业来的决心。在他不懈的努力下，与西南各夷关于归顺朝廷的谈判进行得非常顺利，不仅成功招抚了邛、筰、斯榆等部落，先后为朝廷增添了十余个县，而且第一时间拆除了这些部落之间原有的边卡障碍，将所有新置县域的道路全部打通，更为日后的"西南丝绸之路"的商贸往来奠定了坚实的基础。成功开辟西南夷，将夜郎等部落王国彻底收入西汉政权囊中，不仅是汉武帝的一大丰功伟绩，也是司马相如政治生涯中十分辉煌的政绩。谁也没有想到，平时只会写写赋文、谈谈恋爱的司马相如，居然还能完成开疆拓土的伟业，这让大家不得不对他另眼相看。

然而，人红了，是非也就跟着来了。司马相如回到长安不久，就有人向汉武帝告发，说他在出使西南夷的时候接受了大笔钱财的贿赂，要求皇帝对他进行责罚。其时，汉武帝正宠信司马相如，自然不愿意对他多加苛责，可又碍于物议，不得不对他进行惩处，便只好削去了他的官职，打发他去正在修建的陵园茂陵看守园子。偏偏这个时候，司马相如竟在茂陵附近邂逅了一位绝色女子，让他为之心旌荡漾，神魂颠倒。这位茂陵女子，比卓文君年轻，也比卓文君漂亮，更重要的是，她比卓文君更懂得如何安抚他那颗躁动的心，一来二去的，他整个魂儿一下子就被对方勾走了。

很快，司马相如就决意要纳对方为妾，并动笔给在长安的卓文君写了一封信，用短短十几个字委婉地表达了自己的心思。信上只有一行数字，那便是"一二三四五六七八九十百千万"，压根就没直接说出要纳妾的话，可卓文君是何等的冰雪聪明，一看到这行数字从一写到万，却独独少了一个"亿"字，就明白他早已"无意"于她了。

顿时，卓文君只觉得万箭穿心，痛不可当。不过事已至此，她也只好收拾起悲伤的心情，用他信中出现的数字作了一首诗，把自己满腹的委屈与不甘都写了进去。

怨郎诗

一朝别后，二地相悬。

只说是三四月，又谁知五六年？

七弦琴无心弹，八行书无可传。

九连环从中折断，十里长亭望眼欲穿。

百思想，千系念，万般无奈把郎怨。

万语千言说不完，百无聊赖十依栏杆。

重九登高看孤雁，八月仲秋月圆人不圆。

七月半，秉烛烧香问苍天。

六月三伏天，人人摇扇我心寒。

五月石榴红似火，偏遇阵阵冷雨浇花端。

四月枇杷未黄，我欲对镜心意乱。

忽匆匆，三月桃花随水转。

飘零零，二月风筝线儿断。

噫，郎呀郎，巴不得下一世，你为女来我做男。

司马相如收到这封信后，回忆起与妻子相识相知的往事，很是感动，遂把纳妾的心思慢慢冷了下去。哪知道没过多久，百无聊赖的他又遇见了那位貌美如花的女子，二人不见则已，一见便难舍难分，无奈之下，司马相如只好再次给卓文君写信，请求她允许自己纳妾。

　　司马相如这是中了那个女人的迷魂药了吗，为什么心心念念地就是要纳其为妾呢？是自己做得还不够好吗，还是自己人老色衰惹他厌烦了？罢了罢了，既如此，那她就退出这段婚姻成全他们好了。卓文君写就了一首《白头吟》，当机立断地表达了要与他断绝夫妻关系的念头。

白头吟

皓若山上雪，皎若云间月。
闻君有两意，故来相决绝。
今日斗酒会，明日沟水头。
蹀躞御沟上，沟水东西流。
凄凄复凄凄，嫁娶不须啼。
愿得一心人，白头不相离。
竹竿何袅袅，鱼尾何簁簁。
男儿重意气，何用钱刀为？

　　这首诗发出后没多久，卓文君仍然感到愤懑不平，遂又迅速提笔写了一封信，以表达自己的决绝之情。

诀别书

春华竞芳，五色凌素，琴尚在卿，而新声代故。
锦水有鸯，汉宫有水，彼物而新，嗟世之人兮，瞀于淫而不悟！

朱弦断，明镜缺，朝露晞，芳时歇；

白头吟，伤离别，努力加餐勿念妾。

井水汤汤，与君长诀！

　　话说到这个地步，说明卓文君已经做了最坏的打算。既然这个男人已经被别的女人迷得神魂颠倒了，那自己再留着他还有什么意义呢？

　　想当初，她违背父母之愿，与他深夜私奔，是需要多大的勇气与胆识啊，可这些年来，她又在他面前说过半个悔字吗？她不后悔，因为爱他，她才甘冒千夫所指的难堪与委屈，可现在，他不爱她了，除了悲伤愤懑，她唯一能做的也只能是放手了。

　　她不要一个破败不堪的婚姻，也不需要一个修修补补的婚姻。如今的他，早已不是那个两袖空空的穷小子了，而是天子身边最受器重的才俊，他想要纳个妾，还不是水到渠成的事？她不是不能理解他的想法，可她就是不愿意和其他女人一起分享自己的丈夫。要知道，在她心里，这世间，最纯粹的感情就是爱情了，哪怕摔得头破血流、鼻青脸肿，她也决不会允许别人介入她和长卿的婚姻，决不。

　　她做好了从今往后终日以泪洗面的准备，也做好了随时放弃司马夫人身份的准备。如果爱情被玷污了，那么，这世间值得留恋的，也就剩下曾经你侬我侬的过去了，至于未来，就让它随波逐流，漂到哪里算哪里好了。

　　她不要成为他的负担，也不想让自己成为他追求另一种幸福的牵绊，所以，信件发出后，她便不再对他抱有任何希望，只等着所有不可捉摸的未知，一股脑儿地凑到她眼前来，向她发难，向她进逼。

她没想到，心猿意马的司马相如，在她决绝的态度面前，终究还是悬崖勒马了。他看着她写的《白头吟》和诀别书，回想起过去的点点滴滴，终于忍不住伏案痛哭失声，自此便把那纳妾的念头给彻底掐灭了。不仅如此，他还连夜给卓文君写了一封家书，向她表白了自己对她的恋慕之情，并保证再也不会对她三心二意。

报卓文君书

五味虽甘，宁先稻黍。

五色有烂，而不掩韦布。

惟此绿衣，将执子之釜。

锦水有鸳，汉宫有木。

诵子嘉吟，而回予故步。

当不令负丹青，感白头也。

元狩五年（公元前118年），已经官复原职的司马相如因病致仕，带着卓文君一起退居茂陵。

这个时候，司马相如已经是六十岁的花甲老人了，当初那位让他心仪的茂陵女子早已不见了踪影，而陪伴在他身边始终不离不弃的，依然是那个与他因情私奔的老妻卓文君。

在病榻上辗转缠绵了些日子，司马相如终究还是死在了茂陵的家中，只留下无数辞藻华丽的赋文，伴着亦已两鬓斑白的卓文君，于风中暗自嗟叹。

　　一曲《凤求凰》，成就了一段旷世奇缘。再回首，卓文君两行悲伤的珠泪里，藏着的，依旧是当初的那份温婉与明媚，只是，这一支再也无人与共的琴曲，兜兜转转后，又会在哪个拐角遭逢它命定的知音呢？

● 明·陈洪绶《花卉山水》之五

贰

曹植

成也才华，败也才华

　　世人对曹植的印象，始终都停留在那首急中生智的《七步诗》，还有那篇惊艳了一千多年时光的《洛神赋》。

　　《七步诗》救了他的命，《洛神赋》却要了他的命，仿佛他的一生都与文字息息相关。那么，被谢灵运赞誉为"才高八斗"的他，究竟又是怎样的一个人呢？

脱颖而出

　　作为曹操的儿子，曹植的前半生一直都是大众瞩目的焦点，还差一点成为王位继承人，可谓万千宠爱系于一身。遗憾的是，造化弄人，他的前半生有多么光鲜耀眼，他的后半生就有多么黯淡无光。

在25个兄弟中，曹植自然是最出挑的那个。他不仅生得玉树临风，而且才气纵横，更为重要的是，他的生活过得很是清简，这让崇尚节俭的曹操感到特别欣慰，对他的喜欢也便更添了一重。

其实，曹操一开始最喜欢、最器重的儿子并不是曹植，而是长子曹昂。曹昂是曹操早年的妾室刘夫人所生，但刘夫人去世得早，她生的几个孩子便都由曹操的正室夫人丁氏抚养成人。这样一来，作为庶长子的曹昂，就顺理成章地成为曹操的嫡长子。作为家中的嫡长子，曹操对这个儿子寄予了很大的期望，当然，曹昂也没有辜负父亲对他的厚望，20岁便被举为孝廉，成了曹操的左膀右臂。

可以说，曹操一直以来，都是按照自己接班人的要求去打造锻炼曹昂的。曹昂自己也很争气，各方面表现都相当优异，如果不出意外，他会成为曹操的接班人。

作为曹操的儿子，曹昂无疑是优秀的，也是最像曹操的。然而，这个青年才俊却在自己最好的年纪，因为父亲的一己之私命丧黄泉，不仅给曹操带来了致命的一击，也给曹氏家族的格局带来了巨大转变。

汉献帝建安二年（公元197年），曹昂随曹操征讨张绣，张绣献城投降。没想到，好色的曹操居然看上了张绣孀居的婶婶，不管三七二十一就将对方带到自己的营帐中，公开纳之为妾。受到奇耻大辱的张绣立即反水，带着自己的亲随精兵偷袭曹营。

就这样，宛城之战打响了。结果，仓促应战的曹操受到重创，他带着剩余的兵马，杀开一条血路，急速向城外逃去，最终寡不敌众，连自己心爱的坐骑绝影都丧生于张绣的伏击。

千钧一发之际，曹昂把自己的坐骑让给了曹操，自己则步行尾随其侧，保护父亲安全撤退。可惜上天没有怜悯这位大孝子，他和曹操的侄子曹安民，以及负责断后的曹操近身侍卫典韦，全部战死。

这一仗，完全是可以避免的。如果不是曹操见色起意，曹昂就不会把自己的坐骑让给父亲，他也就不会命丧沙场。曹昂死后，最心痛的莫过于抚养他长大成人的丁夫人。尽管曹昂和丁夫人没有血缘关系，但丁夫人无出，早就把曹昂当成了自己亲生的儿子。失去了儿子的丁夫人，悲痛欲绝。

丁夫人清楚地意识到，随着曹昂的弃世，她在曹家所拥有的地位，也会跟着一落千丈。曹昂还在的时候，她尚能以嫡长子母亲的身份，在曹家发号施令，而曹昂一死，除了一个正室夫人的虚名，她还能剩下什么？她老了，比不上那些年轻漂亮的姬妾，自己也没给曹操生下一儿半女，她拿什么去跟她们争？

痛定思痛后，丁夫人决定离开曹操回娘家，再也不回来了。可要跟曹操彻底划清界限，又哪里有那么容易？丁夫人不但是曹操的结发妻子，两个人还是表兄妹，这两个人要是发生龃龉，影响的是几个家族的命运。曹操又怎么会容许丁夫人就这么与自己分道扬镳呢？然而，丁夫人的性子异常刚烈，她决定了的事，就算一万头牛都拉不回来。从此，她彻底与曹氏断绝关系，与曹操老死不相往来。

丁夫人走后，曹家女主人的位置便空了出来。挟天子以令诸侯的曹操，是群臣之首，自然不可能让女主人的位置一直空着，既然怎么劝也劝不回丁夫人，那便只好改弦更张了。在姜室当中，数卞夫人跟随自己的时间最久，而且先后给他生了四个活泼可爱的儿子，这空出的嫡夫人之位，也就顺理成章地落到了她的头上。

祸兮福所倚，福兮祸所伏。倡优出身的卞夫人想破了脑袋，也没想到身份卑微的她，会因为曹昂之死，竟变成了曹操的正室夫人。这喜事真是来得有些突然，卞夫人甚至觉得自己德不配位，执意不肯接受曹操的安排，但曹操决定了的事又岂有反悔之理？于是，她便安下心来，做起了曹府的新一代女主人。

成为正室夫人后，卞夫人在曹家的地位立马水涨船高，连同她生的四个儿子也都跟着受到了曹操特别的青睐与优待。其中，长子曹丕和三子曹植，最讨曹操欢心，尤其是曹植，小小年纪便能出口成章，由此也得到了曹操更多的关注与呵护。然而，即使曹昂不在了，他依然不是曹操最喜欢的儿子。曹操最喜欢的儿子是比曹植小四岁的曹冲。

曹冲的母亲是曹操的爱妾环夫人，曹冲生下来后就异常聪明，所以曹操对他喜爱有加。

曹冲聪明到什么程度呢？除了我们在课本中学习过的"曹冲称象"的故事，曹冲的典故还有不少。

有一次，曹操得到了一只从南方进献来的山鸡，他想让山鸡鸣舞，却始终不得其法，曹冲知道父亲的心意后，就叫人取来一面大镜子放在山鸡面前，山鸡看到镜子后便开始翩翩起舞，一直跳到跳不动了才作罢。小神童再一次赢得了满堂喝彩。后来，这个小故事还衍生出了一个成语——顾影自怜。

　　曹冲不仅聪明过人，而且宅心仁厚，这也为他赢得曹操的青睐加了不少分。曹冲生活的时代，正是天下大乱、群雄逐鹿、国家四分五裂的大动荡时期，所以朝廷制定的各种刑罚都非常严酷，群僚稍有不慎，便会被拿问治罪。善良的小曹冲不忍目睹犯了错的人遭受严酷的刑罚，便利用他的智慧，替不少人把灾难挡在了门外，一时传为佳话。

　　有一次，曹操心爱的马鞍被仓库里的老鼠啃啮损毁，管理仓库的吏役非常担心会因此遭受死罪的刑罚，遂反绑着双手要去曹操跟前自首，但仍惧怕不能免罪，满脸凄惶。走到半路上，他遇见了曹冲。曹冲在了解了事情的原委后，就让他先回去，三天之后再去自首不迟。

　　曹冲劝走吏役后，便拿起刀戳破自己的单衣，搞得就像老鼠咬啮的一样，然后装出一脸闷闷不乐的样子跑过去找曹操。曹操问他为什么一副愁眉苦脸的模样，他回答说：民间风俗认为老鼠咬破了衣服，主人就会遭遇不吉利的事，现在我的单衣被老鼠咬破了，所以感到非常难过。曹操赶紧安慰他说：那都是胡扯瞎说的，用不着为这事苦恼。

　　三天后，库吏照着曹冲的吩咐，拿着被老鼠咬坏的马鞍去向曹操请罪。曹操却哈哈笑着说："我儿子仓舒的衣服就放在自己身边，尚且被老鼠啮咬，何况是挂在仓库柱子上的马鞍呢？"他不仅一点也没有责备库吏，还安慰了对方一番。就这样，曹冲用自己的机智聪敏，帮着库吏巧妙地化解了可能加诸其身的刑罚，后来，当曹操听说这件事背后的真相后，对这个小儿子也就更加宠爱了。

从某种程度上来说，自打曹昂去世后，天才神童曹冲便成了曹操心目中最为理想的接班人，而事实上，曹操也确实曾当着众多大臣的面，表达过要让曹冲继承大业的打算。

可惜的是，天妒英才，建安十三年（公元208年），13岁的曹冲一病不起。

最器重的儿子曹昂和最喜欢的儿子曹冲先后殒命，这让曹操感到无比心痛。两个最有可能接替自己大业的儿子都死在了自己前头，接下来，他该培养谁来做自己的继承人呢？

尽管曹丕和曹植，都是已经被扶为正室的卞夫人所生，但曹操内心还是稍稍偏向才华出众的曹植，而几乎也就是从那个时候开始，曹丕和曹植这对同胞兄弟，被推上了历史的舞台，开始为世子的位置展开激烈的竞争。

王储之争

曹冲在世的时候，曹操尽管很关爱也很呵护曹植，但并没有让他继承自己衣钵的打算。曹冲去世之后，没有了这个天才神童耀眼光芒的遮掩，曹植才得以在几十位兄弟中彻底脱颖而出。

建安十七年（公元212年）春天，曹操在邺城所建的铜雀台甫一落成，就带着孩子一起登台游赏，并令他们每人各作一篇赋文以助兴。当兄弟们还在抓耳挠腮、冥思苦想之际，曹植早已大笔一挥，一气呵成地写下了流芳百世的《登台赋》，也就是后人耳熟能详的《铜雀台赋》。

有才如此，曹植自然而然地受到了父亲的青睐。在曹操眼里，曹植不仅才华横溢，而且生性恬淡，崇尚节俭，还特别平易近人，性格单纯，这让见惯了阴谋诡计的他感到十分欣慰，越来越喜欢这个儿子。对曹植的各种封赏，也接二连三地跟着来了。

早在建安十六年（公元211年），20岁的曹植就受封平原侯；建安十九年（公元214年），他又被改封临菑侯，封邑更是破天荒地达到了五千户。短短几年间，他便完完全全地取代了神童弟弟曹冲在父亲心中的地位，一跃成为曹操最喜欢也最为器重的儿子。

除了各种封赏，曹操对曹植的喜爱，几乎已经到了无以复加的地步，甚至毫不避讳地，将曹植当成自己的接班人，进行全方位的重点培养，每每有能让曹植得到表现的机会，他都会毫不吝惜地安排给曹植，就差没有公开对大家宣布，曹植就是他内定的继承人了。

因为受到父亲特别的宠爱，一时间，曹植成了各路大臣追随的对象。前来他身边辅佐他的人越来越多，而这其中就包括丁仪、丁廙兄弟，还有杨修、孔桂、杨俊、贾逵、邯郸淳等人。这些人都是当时名震天下的才子名士，有了他们的协助，曹植更是如虎添翼。可他的运气又似乎总是欠缺了那么一点点，每次都在临门一脚的刹那，与世子之位擦肩而过，这让他备感沮丧，更为所有的不确定性感到惶恐。

在曹植的意识里，他各方面都是强过曹丕的，然而，遗憾的是，曹植空有满腔的抱负，却又常常任性而为，不仅不注意约束自己的行为，饮起酒来更是毫无节制。曹丕颇有心机，他一面运用计谋使曹植失欢于父亲，一面不断规范自己的言行举止，从而获得了众多大臣的支持。在继承人的问题上，曹操开始陷入了犹疑不定的境地之中。

曹操的正室卞夫人生了四个儿子，只有他们才有资格竞争世子的位置。老四曹熊打小就体弱多病，早就撒手人寰了。老二曹彰生性勇武，自幼就喜欢射箭、驾车，志向就是当一名将军。这两兄弟都已经彻底退出了曹操考虑的继承人范畴，竞技场上便只剩下曹丕和曹植。一个是成熟稳重的嫡长子，一个是个性鲜明的爱子，到底该将谁定为自己的接班人呢？一向老谋深算的曹操也变得优柔寡断起来。他便悄悄地咨询信得过的臣僚，希望他们能提供有价值的参考意见。

其时，魏国刚刚建立，受到曹操信任的崔琰被任命为尚书。当他接到曹操的密信后，竟然用不封口的信回复曹操说："我知道《春秋》有长子当立的大义，并且五官中郎将曹丕仁孝聪明，应当承继大统。崔琰将用死来坚守这个原则。"

崔琰这封公开答复的信件，既向曹操表明了他支持曹丕的意思，也向世人宣告了他维护曹丕地位的决心。曹操在接到他的回信后，非但没有怪罪他公开讨论这件事，反倒因为曹植是他哥哥的女婿，而他却没有选择替曹植说话，十分赞赏他的大公无私和高风亮节，不久之后就将他的职位升迁为更加重要的中尉。

崔琰因为公开支持立曹丕为嗣得到曹操的赞赏，这让曹植和支持曹植的一众大臣捏了一把汗。曹操到底是什么意思，是铁了心要立曹丕为继承人吗？崔琰是曹操身边最受宠信的官员，他的意见很可能会直接影响曹操最终的抉择。这一下，曹植开始变得沉不住气了。

自古立嫡以长，尽管都是嫡出，但曹丕毕竟比他年长五岁，又有那么多大臣竭力支持他，如果不出意外，父亲立其为嗣只是早晚的事，那么，自己又有多少胜算呢？

建安二十一年（公元216年），曹操被汉献帝封为魏王，权势达到了巅峰。与此同时，太子之争也进入了白热化阶段，曹丕、曹植背后的支持者都铆足了劲，誓要把自己的主子送上太子的宝座。

曹丕的拥护者有司马懿、陈群、吴质、贾诩、桓阶、崔琰、邢颙等人，曹植的拥护者则有丁仪、丁廙、杨修、贾逵、孔桂、杨俊、邯郸淳等人。为了争夺世子之位，他们各自结为党羽，设计谋，造舆论，尔虞我诈，互相倾轧，好端端的一个朝堂，很快就被搞得乌烟瘴气。

作为曹植最为得力也最为卖力的支持者，丁仪、丁廙兄弟虽然官位不高，但却极得曹操信赖，所以，有了他们的支持，曹植在与曹丕的角逐中，始终都不曾处于下风。

那么，曹操为什么会极其信任丁仪、丁廙兄弟俩呢？这还要从他们的父亲丁冲说起。丁冲是曹操的同乡，也是曹操的挚友，他们经常同乘一辆车出行。丁冲不仅是曹操最好的朋友，还是曹操的得力助手，早年间就是他给曹操出谋划策，将汉献帝迎至许昌，才有了曹操"挟天子以令诸侯"的局面，所以，无论是出于私心还是公心，曹操信赖丁仪兄弟，都是再正常不过的。

但是，丁仪跟曹丕不对付。很显然，这跟丁夫人离开曹家有着非常大的关系。作为曹操的结发妻子，丁夫人自然给自己的娘家带来了无上的荣耀，和很多看得见看不见的好处，而丁夫人执意跟曹操闹离婚，尽管替自己出了口恶气，但对丁家来说，却是一个致命的打击。

丁夫人与曹操决裂后不久，作为丁家掌舵人的丁冲也去世了，这一下，丁家是彻底树倒猢狲散，再也不复往日的风光。

然而，丁仪、丁廙两兄弟倒也争气，他们不仅文才了得，而且和曹操有着相同的政治立场，久而久之，便受到了这位前姑父的青睐与信任。当丁仪兄弟重新引起曹操对丁家的重视与眷顾之际，作为卞夫人之子的曹丕自然很是不悦，并由此引发了曹丕与丁仪之间的嫉恨与龃龉。

对丁仪来说，曹丕不过是小妾所生的儿子，若不是丁夫人主动与曹操离婚，把嫡室夫人的位置让给卞夫人的话，曹丕永远都只是个摆不上台面的庶子，又哪里有资格跟自己平起平坐地说话？抛开丁夫人不说，他父亲丁冲更是曹操最好的朋友，如果没有丁冲，也就不会有今天威风八面的魏王，他又凭什么要把小人得志的曹丕放在眼里？

丁仪不喜欢曹丕，曹丕心里也是清楚的。当然，曹丕也不喜欢丁仪，在曹丕看来，丁夫人和丁冲早就是过去式了，现如今，他的母亲卞氏才是魏王府名正言顺的夫人，卞氏一族才是曹氏的第一戚族，而他作为曹操的嫡长子，理应受到包括丁仪在内的诸人的崇敬与仰慕，丁仪又凭什么总是不把他放在眼里？

不知道是出于对丁夫人的愧疚，还是始终都念着丁冲的好，曹操对待丁仪、丁廙两兄弟，倒也确实不薄。

为让曹植在世子之位的角逐中最终胜出，丁仪可谓用尽了各种心思。他不仅时常在曹操面前替曹植美言，更在背后运筹帷幄，除掉支持曹丕的元老大臣。结果，通过一番谋划，丁仪先后设计害死支持曹丕的重臣崔琰、毛玠，虽然最终获得了成功，但给曹植带来的负面影响也是巨大的。为报一己私仇，丁仪连连构陷忠良，被朝臣们目为奸佞，这样一个宵小之徒站在曹植身边，大家又会如何看待曹植呢？将来如果曹植上了位，作为功勋之臣的丁仪岂不是会更变本加厉？

丁仪不仅用计除掉了崔琰和毛玠，还害得其他诸如徐奕、何夔等清正贤明的官员失去了曹操的宠信。一时间，朝廷内外，人人自危，再也不敢公开阐明自己在立储问题上的立场了。

除了丁仪、丁廙兄弟，曹植身边还站着一个得力的帮手，那便是杨修。杨修的家世极其显赫，祖上四世都当过太尉，他从小就才华横溢，在士族中颇有名望，后来被曹操任用为丞相府主簿，是曹操身边的红人，人人都想与他交好。然而，恃才傲物的杨修始终都没把才气平平的曹丕放在眼里，倒是对比自己小了十六岁的曹植格外青睐，久而久之，便成了无话不谈的忘年之交。杨修和丁仪兄弟一样，也希望曹植能够成为魏国的继承人。他运用自己的智慧与计谋，帮助曹植进一步巩固自己的地位。

其时，为分出儿子们的优劣，曹操经常就各种军国大事考问曹丕和曹植。但兄弟俩年龄和阅历都十分有限，每次曹操发问，他们都支支吾吾，答不上来，这让一心想要表现得比哥哥更好的曹植很是着急。善于揣摩主公心思的杨修得悉这一情形后，利用自己担任主簿的职务之便，迅速梳理出了十几个重点问题及对策送给曹植。曹植很快就熟背于心，以后曹操再考问他，他都能做到对答如流，这让曹操感到非常满意。而答不上来的曹丕却满面羞惭，恨不得找个地缝钻进去。

曹植每次都能从容应对，让曹操起了疑心。曹植从未领兵打仗，也没有担任过重要的职务，怎么就会对军国大事如此熟悉？

原因很快就查清楚了。曹操十分恼火。曹操并不反对曹植和杨修交往，他反感的是杨修利用职务之便，泄露军国机密，直接干预他选择继承人的事。杨修这个人恃才放旷惯了，早就引起了曹操对他的不满。多件事叠加在一起，惹得曹操对杨修起了杀心。

这件事，不仅让杨修失去了曹操的宠信，更给曹植带来了不可小觑的负面影响。原本，才高八斗的他只是想在父亲面前把哥哥曹丕彻底比下去，结果却弄巧成拙，给曹操留下了"弄虚作假"的坏印象。这对曹植来说，是个不小的打击，然而，他却没有吸取教训，反而在之后的竞争中昏招迭出，并最终被排挤出了世子之位的角逐，遗憾出局。

经历过答教之事的风波后，曹操并没有选择彻底放弃曹植。为继续考验曹丕和曹植的决策力，曹操很快又想出了一个方法，分别把这哥俩叫来，吩咐他们出城去办一桩事，至于办什么事并不重要，因为曹操早就私下嘱咐过两个守城官，无论什么人来，都不许放出城门。他的目的，不过就是要看看这两兄弟到底会如何应对。

曹丕二话没说，风风火火地就跑到城门口去了，结果毫无悬念地在守城官那里碰了一鼻子灰，又立马灰溜溜地回来了。

曹植还未动身，杨修就立马跑来告诉他说，大王已经跟守城官交代过了，不许放任何人出去。曹植一听，先是吃了一惊，继而连忙向杨修询问对策，杨修则不慌不忙地给他支招说，公子是奉王命办差，如果有人阻拦，直接杀掉就行了。

曹植便按照杨修所说的计策行事，直接杀了守城官吏扬长而去，不仅顺顺利利地办完了曹操交代他去办的事，更让曹操对他另眼相看，觉得这个儿子很是有魄力、有担当。

见曹植连连占据上风，曹丕再也按捺不住了，他马上派出使者去请朝歌长吴质进府研究对策。吴质与司马懿、陈群、朱铄并称"太子四友"，是曹丕最为信赖的心腹大臣，但吴质身为地方官，与王室子弟过从甚密，显然是有失妥当的，尤其是世子之争已到了白热化的程度，搞不好就会被丁仪等人抓住把柄，遗患无穷。所以，急中生智的曹丕便想了个妙计，让吴质坐进竹筐里，放在马车上跟着货物一起被送进了府里。

不过这件事很快就被消息灵通的杨修知道了，他迅速向曹操进言，说曹丕经常把大活人装进竹筐进进出出，不知道玩的是哪一出。杨修本意是要让曹丕吃不了兜着走，可曹操本就对杨修心生不满，所以，在听了杨修的揭发后，他非但没有责怪曹丕，反而觉得杨修多管闲事，顺带着也对曹植起了猜忌之心。

对曹操而言，丁仪再怎么诋毁大臣，终究还是没有把矛头直接指向曹丕，可杨修一个小小的主簿，竟敢当着他的面大张旗鼓地离间他们的父子之情，这不能不让他心生厌恶。

在曹操愈加反感杨修的同时，另一边，曹丕在听说杨修向父亲告发自己后，自是害怕得不行，连忙派人去把吴质找来商量对策。吴质知道了原委后，却笑着开导曹丕说："这有什么可怕的？从明天开始，您就让人在竹筐里放些绢帛，像往常一样继续往宫里送，我这几天就不去了。"

第二天，眼见得装着竹筐的马车又来了，杨修立马屁颠屁颠地跑过去继续向曹操报告，曹操也不含糊，为把事情搞个水落石出，他当即就派出心腹过去查验。结果，曹操派去的心腹，把马车上的竹筐翻了个底朝天，除了发现一堆花花绿绿的绢帛，压根就没看到半个人影。

这下，曹操被彻彻底底地激怒了。干预曹操家事，泄露军国机密，还挑拨曹家父子关系，事情发展到这一步，杨修的结局似乎已经不难预测了。但碍于太尉杨彪，也就是杨修之父的面子，曹操最终还是选择了隐忍，但他对曹植的猜忌也因此变得愈来愈深。

因为丁仪，曹植得罪的官员愈来愈多，支持他的人也变得越来越少；因为杨修，曹操开始对多次作弊的曹植产生了不好的印象。可以说，曹植的失败，就败在他身后的团队太过急功近利，在帮他争夺世子之位的过程中做了很多错误的事，这才给了曹丕反败为胜的机会。

看到曹植的人马，仿若跳梁小丑般，在不断地上蹿下跳，那些先前对立嗣持观望态度的大臣，也都在心里给不动声色的曹丕投了一票。曹丕虽然没有曹植的文采好，但他毕竟比曹植年长了五岁，又兼时常跟随曹操四处出征，得到了许多锻炼的机会，在为人处世上，自是要比曹植老练得多，所以，愿意帮助他的人，也比愿意帮助曹植的人多。所以说，从一开始，曹植就注定了失败的命运。

　　曹植团队的一系列操作，让曹操对曹植将来的执政能力产生了极大的怀疑，一时之间难以做出最后的决断。就在曹操犹豫不决之际，曹丕又于暗中行了一着高棋。为让父亲尽快下定决心立其为世子，曹丕开始拉拢朝中重臣，比如深受曹操信任、算无遗策的贾诩，并特地登门向其请教巩固地位的办法。贾诩没有说任何空虚的大道理，只是语重心长地嘱咐曹丕说：愿将军以德行和气度，躬身去做普通人做的事情，早晚孜孜不倦，不违背做儿子应该遵守的规矩，如此这般，也就可以了。

　　贾诩的话没有什么高深莫测的玄机，只是让曹丕用心去做一个好儿子。此时的曹丕，有着多重的身份，他不仅是朝中的五官中郎将、副丞相，还是轻车肥裘的公子哥，却唯独忘记了自己是曹操的儿子，忘记了自己最应该尽的本分。贾诩的话恰如一顿棒喝，及时点醒了他，从这往后，他刻意把争夺世子位分的野心藏在了心里，收敛了贵族公子的傲慢与骄气，一心一意地做起了孝顺儿子，无论是对曹操，还是对众臣，始终都保持着一副谦恭有礼的模样。

　　这一招还真管用。即便是刚愎自用的曹操，也还是个有着七情六欲的血肉之躯，在曹丕面前，他首先是一个父亲，然后才是权势煊赫的魏王，所以，当曹丕站在儿子的角度，去揣摩他的心意，努力让自己成为一个孝子的时候，曹操那颗坚硬的心，也就慢慢地被他融化了。

　　在曹丕和曹植的世子之争最激烈的时刻，有一次，曹操即将出征，这哥俩一起送父亲到路旁，曹植即兴发挥特长，写了一首歌功颂德、盼望早奏凯旋的诗，自是文采飞扬，让曹操觉得很有面子。然而，就在大家把目光纷纷投向曹丕的时候，他却因为一时情急，窘迫得一句话也说不上来，只好匍匐在地上拜辞曹操，额头上都渗满了豆大的汗珠，可谓尴尬至极。

关键时刻，曹丕的谋士吴质正好就站在他的身后。眼见自己的主子尴尬得一句话都说不出来，吴质连忙望着远处低声提醒他说哭就行了。于是，曹丕装作一副难舍难分的样子，趴在地上大哭了起来。曹操见状，以为曹丕舍不得与他分开，自是感动。

曹植原本以为这次自己又轻松赢了一局，却不意曹丕居然利用哭泣顺利扳回了一局，这让他很是意外，也很是沮丧。

建安二十二年（公元217年），与曹丕角逐世子的过程进行到白热化的阶段后，曹植愈来愈感觉到力不从心，甚至开始预感到父亲已经决定要放弃他了，心绪也跟着变得越来越不宁，终日借酒浇愁，喝到最后，竟至酿下了一桩彻底让曹操改变了对他以往印象的祸事。

那一天，曹植又像往常一样喝醉了酒，还借着酒劲干了一桩大逆不道的事。他擅自打开了只有皇帝才能出入的司马门，骑着高头骏马，驰骋在只有皇帝才能走的御道上。

按照朝廷法度，只有天子才可以走司马门，其他人哪怕是太子都不可以，违令者斩。曹植这种"罔顾礼法"的出格行为，让曹操感到万分失望，一怒之下，即刻将管理司马门的公车令处以死刑，以示惩戒。当然，作为曹操最心爱的儿子，曹植并没有受到任何刑罚，不过经此一闹，他的世子之位也就彻底泡了汤，等于是把他梦寐以求的嗣君之位，毫无保留地拱手让给了一直在一旁对他虎视眈眈的曹丕。

尽管并没有处置曹植，但因为这桩事实在是太过敏感，曹操也不能再没有底线地维护这个他最喜欢的儿子了。很快，曹操就发布令文，痛心疾首地说道："开始的时候，我认为曹植是所有儿子当中最能够担当大事的人，如今看来，倒真是看走了眼，从今往后我再也不会相信他了。"

因为一场"醉驾"，曹植让自己在父亲心目中的形象一落千丈。不过他也通过曹操发布的令文，第一次全面了解了父亲的心意，原来父亲真的一直都想立他为世子啊，只可惜他知道得太晚，若是早一点知道，他就不会如此放纵自己，做出这样愚蠢的事来了。然而，这世上最难买的就是后悔药，这一次，他是彻彻底底地输了个精光。

曹植就这样被踢出了世子之位的角逐，为他的放纵与率性而为，付出了惨重的代价。紧接着，他的结发妻子崔氏，也就是崔琰的亲侄女，因为穿着华丽了些，就被曹操以违反了禁止穿锦绣的制度为由，责令遣返娘家，不久之后，更小题大做地下令将其赐死，算是向曹植示以警戒，提醒他不要再有非分之想。这下，所有人都不约而同地嗅到了一股火药味，大家都开始清晰地意识到，立储的风向标已经彻底变了。

建安二十二年（公元217年）冬天，几经犹豫的曹操，正式发布《立太子令》，至此，曹丕、曹植兄弟持续多年的立嗣之争终于尘埃落定。

就这样，曹丕得到了他做梦都想得到的魏国世子之位，曹植本该继续在他临菑侯的位置上做好他应尽的本分，从此井水不犯河水，各自相安便好。曹操是这么想的，也是这么安排的，然而，他到底还是更加偏爱曹植一些，等到建安二十四年（公元219年），镇守荆襄的大将曹仁被关羽所围之际，他依然想要给曹植一个"戴罪立功"的机会，任命曹植为南中郎将，行征虏将军，让他带兵前往前线支援曹仁。

遗憾的是，曹丕不想让曹植利用这个难得的机会翻身。在曹植出发前，曹丕故意带着酒菜去慰劳他，结果曹植一见到酒便两眼放光，当传令官带着军令找到他时，他却早就喝得酩酊大醉，完全无法接受命令，更谈不上领兵出征了。这一次，曹操是真的彻底对他死心了。

建安二十四年秋天，曹操预感到自己将不久于人世，决定在自己死前扫除曹植的党羽势力，为曹丕顺利接位扫除一切障碍，首当其冲的便是曹植团队的中坚力量杨修。

杀了杨修没过多久，一代枭雄曹操寿终正寝，世子曹丕正式接替魏王之位。原先支持曹植的臣僚，被曹丕杀的杀，拉拢的拉拢，到最后，曹植真的变成了孤家寡人，即便他有意再与曹丕争位，也是有心无力。

后来，当上了魏王的曹丕尚嫌不够，竟然篡汉自立，做起了皇帝。曹植怎么也没想到哥哥居然还有当皇帝的野心，为了表达自己强烈的不满，他和大臣苏则一起穿上了丧服，为大汉皇朝悲恸哭泣。曹丕得知后十分愤怒，但碍于母亲卞夫人的压力，他并没有马上处罚曹植，而是在一年后将曹植逐出京师，爵位贬为安乡侯，封邑也从原来的万户降到了八百户。

属于曹植的时代，随着曹丕的上位，一去不返，那么，在前方等待着曹植的命运又将会是什么呢？曹丕到底会不会出于一时的气愤，执意除掉这个与自己争夺嗣君之位的弟弟呢？一切，都还是未知数。

名为王侯，实为囚徒

曹丕自然不会杀了曹植，于公于私，他都不会。不过，对于曹植的各种打压却是必不可少的。那些选择站在曹植一边的臣子，几乎都被清算殆尽，杀的杀，贬的贬，剩下的也一一被曹丕收编，就连平日里与曹植走得近一些的兄弟，诸如曹彰、曹彪，亦都没有逃过曹丕的惩罚，悉数被他断了从政之路。

此时的曹植，仿若掉进了冰冷刺骨的深渊。他不仅被冷血的曹丕遣送到远离洛阳与邺城的封地，还不得不接受哥哥特意派出的"监国使者"监视他的一举一动，从此过上了软禁般的生活。

名为王侯，实为囚徒，这便是曹丕掌权后曹植的真实生活境遇，若不是已被封为太后的母亲卞氏竭力为其开脱，想必他后半生的日子，会比想象中的还要难熬数倍。

魏文帝黄初二年（公元221年），刚刚被贬为安乡侯的曹植，又被曹丕打发到鄄城当鄄城侯，尽管他内心并不想频繁改换封地，但皇帝哥哥的旨令，他又如何能够不遵守呢？父亲已经死了，母亲想要帮他也爱莫能助，他唯一能做的，便是咬紧牙关好好地活下去。

黄初三年（公元222年）春天，曹植被曹丕加封为鄄城王，食邑也从八百户增加到了二千五百户。按照惯例，他应立即从鄄城起身前往京都洛阳，去向曹丕表达感谢之意。这一次，他没有表现出丝毫的怨怼，而是洋洋洒洒地写下了一篇《封鄄城王谢表》，不仅把自己说得一无是处，更表达了对曹丕的无限敬意，字里行间，无不在委婉地请求曹丕对他这个"罪人"高抬贵手。

在返回鄄城的途中，曹植还写下了千古名篇《洛神赋》。《洛神赋》又名《感鄄赋》，因古代"鄄"与"甄"同音相通，所以后世人多称之为《感甄赋》，而由此一来，"甄"便被好事的文人错误地理解为曹丕的夫人甄氏，生生地演绎出了一段感天动地的凄美爱情故事。其实，《洛神赋》就是一篇用曲笔寄托政治理想破灭之思的赋文，与甄夫人八竿子都打不到一块去，而后世的人们之所以如此津津乐道地要把曹植和甄氏往一块凑，不过是对他俩相似的遭遇产生了强烈的同情，并希冀他们能够在残酷的现实世界里，通过彼此的爱慕找到一点点幸福罢了。

曹植在诗歌和辞赋的创作上，都取得了非常杰出的成就。其赋继承了两汉以来抒情小赋的传统，又吸收了《楚辞》的浪漫主义精神，为辞赋的发展开辟了一个新的境界，而辞采华丽、情思缱绻的《洛神赋》，更是他所有辞赋作品中最为杰出的代表作。

除了牵强附会的叔嫂之恋，围绕在曹植身上的传说还有很多，比如"七步成诗"，但其真实性很值得推敲，传播至今，成了一桩悬案。最早出现的版本是"百步诗"。某天，曹丕带着臣子们一起外出视察民情，恰逢民间开展斗牛比赛，随即好奇上前观看，正好看到两头牛在墙下相斗，而斗败的那头牛坠井而亡。曹丕触景生情，心里忽然升起一个念头，曹植不就是那头斗败的牛嘛，但他为何还活得好好的？愤恨之下，曹丕便回过头来对曹植说："大家都说你才华横溢，你就以刚刚所见的斗牛现场为主题，赋四十言诗一首。不过，限你必须在马行百步之内完成，诗中也不得出现'牛''井''生''斗'和'死'的字眼，否则，将治你欺君之罪。"曹丕提出如此苛刻的条件，目的显然就是置曹植于死地。结果，曹植只是略作沉思，便挥毫写下了名传千古的《死牛诗》，压根都没有走完一百步，轻轻松松就化解了一场危机。

死牛诗

两肉齐通行，头上带横骨；
行至凶土头，峄起相唐突。
二敌不俱刚，一肉卧土窟；
非是力不如，盛意不得泄。

这首四十字的五言诗，并没有出现"牛""井""生""斗"和"死"的字眼，而且以"肉"比"牛"、"土窟"比"井"、"唐突"比"斗"、"卧"比"死"，使诗作的整体意境更加妙趣横生。曹植不仅按要求完成了四十言的《死牛诗》，还利用剩余的时间写下了一首三十言的《自愍诗》，也就是后世广为传诵的《七步诗》，不仅让曹丕放弃了杀他的打算，也让自己声名远播。

自愍诗

煮豆持作羹，漉菽以为汁。
萁在釜下燃，豆在釜中泣。
本自同根生，相煎何太急！

后来，这首诗更被后人改成了四句版："煮豆燃豆萁，豆在釜中泣。本自同根生，相煎何太急。"而这首精简版的《七步诗》，又被明朝人堂而皇之地补进了曹植的文集中，并最终成为我们今天所看到的版本。

魏文帝黄初四年（公元223年），被徙封为雍丘王的曹植，和二哥任城王曹彰，以及同父异母的弟弟白马王曹彪，一起前往京师朝见曹丕。结果，这年的六月，一向无病无灾的曹彰竟突然得了一场急病，不明不白地死了，时年三十多岁。所有人都说，是曹丕故意毒死了曹彰，就连太后卞氏也是这么认为的，至此，一向受到曹丕猜忌的曹植，日子也就更不好过了。

据说曹彰死后，卞太后曾多次哭泣着向曹丕表达过自己强烈的不满与愤恨，要求他必须保全曹植的性命。为了让曹植的日子过得舒心一些，卞太后还曾亲自为曹植争取土地肥沃的封地，结果曹植的封地在几经变更后，反倒是离京城越来越远，方位也越来越偏，面积越来越小，土地也越来越贫瘠。由此看来，即便曹丕一时之间放弃了取曹植性命的打算，但他也绝不会让曹植过得舒服。

面对哥哥的淫威与逼迫,曹植无路可逃,只能乖乖地在封地煎熬着活下去。在忍受拮据的物质生活的同时,曹植还要忍受精神上的各种折磨与痛苦。母亲卞太后依然健在,而他却不能时常与之相见;往日,二十多个兄弟手足情深,如今却很难再见一面,甚至就连多说上一句话,也会受到曹丕的监视,这让平常放旷惯了的他情何以堪?昔日交好的朋友,死的死,散的散,再也无法像过去一样,聚在一块喝酒聊天,尽兴赋文。过去所有的好时光,就这样一去不复返了。

就在二哥曹彰不明不白地死在洛阳的那一年,曹植在京师见到了素来与他交好的异母弟白马王曹彪。本以为兄弟二人聚在一起,可以说些贴己的话,哪里知道,即便是兄弟聚会,也要时刻受到曹丕派出的监国使者的监视,行动极不自由。可饶是这样,离京之际,他还是向曹丕提出了要与曹彪结伴同行的要求,但最后被曹丕一口拒绝了。被迫与曹彪离别的曹植,心情那叫一个郁闷,可他又能如何?曹丕已经贵为天子,是当今的圣上,他又怎么能够抗旨不遵?痛定思痛,曹植不得不和曹彪分道扬镳,各自回到自己的封国。但即便在这样的境地中,在即将离别之际,他还是挥笔写下了一首抒情长诗送给了曹彪,表达了其悲伤沉痛与愤怒恐惧交织在一起的矛盾心情。

这首诗,便是名震千古的《赠白马王彪》。它不仅将曹植悲苦的心情一览无余地表现了出来,更淋漓尽致地展现了曹丕对他与诸王的猜忌与逼迫,深刻地揭露出了曹魏统治集团内部的尖锐矛盾与倾轧。

赠白马王彪·其五

太息将何为，天命与我违。

奈何念同生，一往形不归。

孤魂翔故域，灵柩寄京师。

存者忽复过，亡殁身自衰。

人生处一世，去若朝露晞。

年在桑榆间，影响不能追。

自顾非金石，咄唶令心悲。

　　青年时期的曹植，向往的一直都是古代侠客那样潇洒不羁的生活。他的第一首与"白马"相关的诗作《白马篇》，写的便是他少年时豪情万丈的梦想。

　　在诗中，他把自己幻想成一名闯荡江湖的游侠，身骑白马，到遥远的边疆抵御敌寇，惩恶扬善，无拘无束，无所畏惧，昂首阔步，逍遥恣意。前半生的曹植，正如他在《白马篇》中所写的那匹白色的高头大马，所到之处，充满了鲜花与喝彩。遗憾的是，在哥哥曹丕继承父亲曹操的大业之后，他的幸运便即画上了休止符，人生亦由此进入了灰色黯淡的下半场。

　　在悲愤之中，曹植又写下了第二首与"白马"相关的诗作《赠白马王彪》。这一次，他笔下矫健的白马彻底消失了，取而代之的则是"白马王"曹彪。曹彪和曹植一样，都经历过亲人的生离死别，而比离别和死亡更让他难以接受的，便是亲人的背叛，以及哥哥对他的猜忌与迫害。前后两段人生，对曹植

去不以之拶外

沙涯衰草蔓

東飛了搭矢

何氣色擁程

破去回如火烛

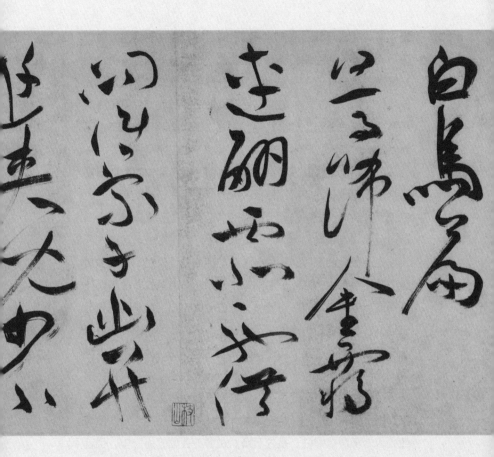

● 明·祝允明《草书手卷曹植诗四首》白马篇（局部）

来说，竟有着天壤之别。父亲在世的时候，他过的是无忧无虑的贵族公子哥的生活；哥哥即位后，他过的则是朝不保夕、一日数惊的窘迫日子。幸好，生活再过艰难，始终都有诗歌与他作伴，《赠白马王彪》陪他尝尽了人世间的悲欢离合，《白马篇》则载着他奔向了梦中的侠客之路，让他在迷茫与怅惘中，看到了一丝丝的光明与希望。

在政治上落败、生活中失意的曹植，却在文学的天地里，取得了极为耀眼的成就，乃至后世的谢灵运都写文章夸他说："天下才共一石，曹子建（曹植的字）独得八斗，我得一斗，自古及今共用一斗。"

曹丕登上大宝后，不仅在政治上处处打压曹植，甚至多次想要置他于死地，这对手足兄弟，最后还是因为权力之争，渐行渐远，终至形同陌路。然而，曹植没有死心，他多次上表毛遂自荐，请求立功边疆，只可惜这点小小的要求，也还是被曹丕冷漠地拒绝了。在遭到一次次无情的打击之后，曹植心中燃烧的火苗，终于彻底熄灭了。至此，他的人生已再无光亮，前方等待着他的，只剩下无边的黑暗与无垠的孤寂。

魏文帝黄初七年（公元226年），40岁的曹丕因病去世，甄夫人之子曹叡继位，是为明帝。在曹丕去世的前一年，也就是黄初六年，南征归来的曹丕路过曹植的封地雍丘，还特地跟他见了一面，并为其增户五百，可以算得上是这对兄弟之间仅剩下的最后一点温情了。

曹叡继位称帝后，壮心不已的曹植，依然渴望自己的才能可以得到施展。魏明帝太和二年（公元228年），年近四十的曹植，依然故我地给侄子曹叡写了一封《求自试表》，希望侄子能够高看他一眼，给他上战场建功立业的机会。

看了曹植的文章后，曹叡很是感动，但最终还是果断地拒绝了他。

太和三年（公元229年），曹植徙封东阿王，而曹叡亦和他的父亲一样，对这位皇叔仍旧采取了严加防范和限制的态度。所以，从根本上来说，曹植的真实处境并没有得到一丝一毫的好转。

曹植认命了，他知道，人过中年的自己，在政治上已经没有任何机会了，他只好静下心来，潜心著作，研究各种儒家典籍。

太和六年（公元232年），曹植又被徙封陈王。年底，已经缠绵病榻多日的曹植，终究还是走到了生命的尽头，在郁郁寡欢中与世长辞，享年41岁。

遵照曹植生前的遗愿，死后的他被葬于东阿鱼山，谥号"思"，后人都称之为"陈王"或"陈思王"。才高八斗的曹子建，昔日的天之骄子，就这样败给了命运，败给了时间，但或许这样的结局，于他而言，才算是一种彻底的解脱吧！

● 明·仇英《人物故事图·松林六逸》

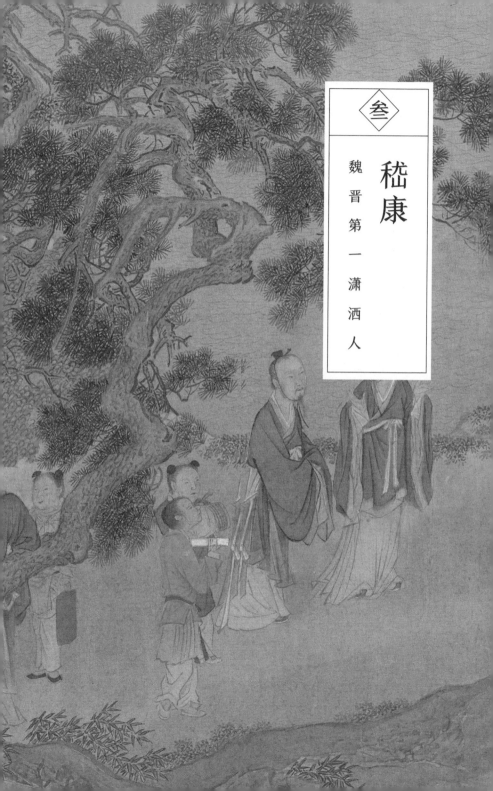

叁

嵇康

魏晋第一潇洒人

　　提起嵇康，大家首先想到的，就是那曲旷世绝响《广陵散》，还有"竹林七贤"。然而，很多人不知道的是，他还爱喝酒，为人仗义，平时有打铁的小癖好，是一个集美貌与才华于一身的美男子。

　　可以说，看完嵇康的一生，就读懂了魏晋风度。

气质美男嵇叔夜

　　嵇康祖籍会稽上虞，祖上本来姓奚，他的曾祖父为躲避仇家追杀，迁居到安徽省濉溪县，因为居住的地方有一座嵇山，后来索性便将姓也改成了嵇。

　　嵇康的父亲嵇昭，官至治书侍御史，相当于国家图书馆的负责人，而他的兄长嵇喜，早年即以秀才的身份从军，后历任太仆、扬州刺史、宗正等职。嵇康自幼便接受了良好的教育和诗书礼乐的熏陶。

嵇康是魏晋时期的颜值担当，除了举世公认的绝世美男潘岳、卫玠，就没有第三个男人可以与之媲美。那么，他到底飘逸俊朗到什么程度了呢？

《晋书》记载嵇康"身长七尺八寸，美词气，有风仪，而土木形骸，不自藻饰，人以为龙章凤姿，天质自然"，简直美到了让人触目惊心的地步，据说当时见过他的人，无不赞叹。他身长七尺八寸，相当于今天的一米八多，可以说是高大挺拔。他的老朋友山涛夸赞他说"叔夜之为人也，岩岩若孤松之独立；其醉也，傀俄若玉山之将崩"，短短几十个字，便将他的飘逸与俊朗，出神入化地描摹了出来。此后，人们不仅常用玉山来形容嵇康的风姿，更用这两个字指代俊美的男子，而玉山自倒、玉山倾倒，亦成为形容男子醉态的常用词。

长得帅，又有才，家世又好，嵇康手里拿到的人生纸牌，简直就是王炸，这样的条件，又何愁不能从人堆里脱颖而出？家境好，家世背景也好，对什么都感到好奇的嵇康，打小就学得满腹经纶，会作诗，会弹琴，会击剑，会画画，还写得一手漂亮的草书，可以说，就是个全能型的才子。

可越有才，性子也就越迥于常人。尽管他长得很美，但偏偏不喜欢修饰自己，不论是居家还是外出，常常都不修边幅，以一副邋里邋遢的形象示人。但饶是这样，人们还是觉得他是仙子一样的人物，心仪他、爱慕他的女子更是数不过来。

不过，嵇康的成长过程并不太顺利。他的父亲嵇昭死得很早，他小小年纪便成了孤儿。然而，母亲和哥哥却对他倾注了全身心的爱，只要是他想要的东西，他们都会想尽一切办法给他，所以，尽管没有享受到多少父爱，但他童年和少年时期的生活，仍是过得相当舒适安逸的。

小时候的嵇康聪颖过人，很多东西都不用老师教，自己看一眼就明白了。在兄长的教导下，嵇康博览群书，很快就把各种学问都学了个遍。学有所成的嵇康，文章辞赋无一不精，尤其擅长书画，音乐才能更是出类拔萃，年未弱冠，早已是方圆百里闻名的大才子。可这样世不二出的大才子，偏生不爱按常理出牌，非但不愿走大哥嵇喜走过的那条出仕的路，反而对老庄玄学产生了浓厚的兴趣，并立志要做个终老林下的隐士，与日月星辰为伴，与花鸟鱼虫嬉戏。

哥哥嵇喜非常宠爱这个弟弟，既不要求嵇康跟他一样学习各种儒家经典，也不逼他出仕做官，而是由着他的性子自由发展。嵇喜甚至觉得，弟弟就这样随性地活在自己喜欢的世界里也不是什么坏事，所以，他总是尽量不打扰弟弟，不干涉弟弟的事情。

在自由宽松的环境下长大的嵇康，内心变得越来越丰盈，越来越纯粹，这也让他的性格里掺杂了一丝不羁的气质，只要是他不喜欢的人，他便不屑于与之交往，而他不喜欢的事，更是远远地避开。青年时期的嵇康，一心沉浸在对老庄玄学的研究中，时常披散着头发，穿着草编的衣服，在山里寻仙采药，远望过去，翩翩若画中走下来的上古逸士。

因为喜欢老子和庄子，嵇康一直对周公和孔子都没什么好感，对儒家思想更是嗤之以鼻，而这一切落在哥哥嵇喜眼里，就是一颗不定时的炸弹。他担心继续任由弟弟这么随性而为，很可能会给弟弟甚至是整个家族带来灾难，于是，作为大哥的他第一次拿出了兄长的样子，要求弟弟出去找点事情做，不要再成天无所事事。

无所事事？难道他访仙采药就不是正经事了吗？就是贻误了性情吗？难道让他跟哥哥一样尊崇儒学，就不是贻误性情吗？嵇康没有想到一向宽以待人、事事都迁就着自己的大哥会说出这么一番话来，这不仅伤透了他的心，也让他更加厌恶起大哥所走的仕途，对世俗世界的反感又跟着添了一重。

宗法自然、追求自由的嵇康，第一次与哥哥嵇喜产生了龃龉。因为不想听哥哥继续在他耳边絮叨，不胜其烦的他索性又收拾起行囊，径自出门游历去了。嵇康一路由南向北，走着走着，很快就走到了山阳县（今河南省焦作市修武县）。他爱上了这个山清水秀的地方，想也没想，便留在这里住了下来。

山阳县北靠太行，南临黄河，距离当时的京城洛阳才百余里路，算是一处得天独厚的风水宝地，所以嵇康一眼就喜欢上了它。从此，嵇康便在山阳过上了隐居的生活，一头扎进了一片青葱蓊郁的竹林中，心无旁骛地打起了铁器，干起了铁匠的营生来。

其实，嵇康只是纯粹地想找个事来做，他从来都没想过要靠打铁为生，也没想过要把打好的铁器卖出去。哥哥不是说他成天无所事事吗，他便要证明给他看看，这世间并非只有出仕当官才是正经营生，围炉打铁照样能把日子过好。当然，他也没有必要向哥哥证明些什么，自己喜欢过什么样的日子，就去用心地过好了，又何必非要得到别人的认可呢？

明·仇英《梧竹书堂图》（局部）

　　慢慢地，他开始喜欢上了打铁。他知道，他不是在作秀，更不是在与外部世界进行抵抗，他只是在过他自己喜欢的日子，一种与世无争、随心而为的日子。他喜欢这样的生活，无欲无求，可以全身心地把自己融入大自然中，与山川共呼吸，与日月共生辉，与花草共璀璨，没有纷争，也无烦恼。或许，这便是老子和庄子笔下所描绘的那个曼妙而又无为的世界吧！

　　这样的日子，波澜不惊，却照样葳蕤生姿。久而久之，打铁在他眼里已然不再是一项劳作，而是他生命的一部分，是他灵魂得到升华的具象体现，每当听到打铁时发出的哐当哐当的声响，他浑身的血液便也都跟着沸腾了起来，而那些俗世里累积的不快，都会随着他抡起的铁锤通通消弭于九霄云外。

　　在山阳隐居的日子里，打铁，采药，访仙，弹琴，研究玄学，撰写文章，游山玩水，几乎成了嵇康全部生活的代名词，平素就不修边幅的他，到了这里后，就更加我行我素，甚至连澡都懒得洗了，哪怕身上生了虱子也不在意。一个绝世美男，一个梳着双髻，抱着古琴，目送归鸿，手挥五弦，在城门下弹奏《广陵散》的雅士，有谁能想象出他不洗澡，任由身上长满了虱子的模样？

　　偏偏，嵇康并不以此为耻，反而在自己的文章里，明目张胆地写出了自己的这些"污点"。他压根就不在乎，不在乎别人怎么看，不在乎别人如何议论，他在乎的只是他自己的感受。正如他爱打铁，别人都认为他是自找苦吃，而他却觉得那是一种极致的享受。

　　打铁让他彻底地找到了那个寻觅已久的本我，也让他迅速地发现了与这个世界相处的真谛。他挥汗如雨，他用强劲有力的臂膀，尽情挥舞着手中的铁锤，在一声接着一声的哐当声中，听懂了这个世界的温柔与宽厚；他赤身露体，让自己完完全全地融入大自然中，旁若无人地展现着自己浑然天成的美，用不着担心世俗的非议。

他喜欢这样的自己，无牵无挂，也没有什么需要顾忌的。他照例披散着头发，赤裸着身子，一边站在熊熊燃起的炉火前冶炼着铁器，一边向日月山川展示着他的雄性之美。

这是他的追求，也是他心中最为理想的生活的样子。蔚蓝的天，棉白的云，苍劲的山峰，潺潺的流水，青翠欲滴的树林，五彩缤纷的花朵，叮当作响的打铁声，还有一个一丝不挂的美得晶莹剔透的他。他甚至觉得这才是这个世界的本质，一切都是起初的模样，纤尘不染，没有任何的修饰，没有任何的堆砌，处处都彰显着空灵与原始之美，而这种美才是真正能够震颤人心的美，一下子就美到了骨子里，美到了灵魂里。

打铁的声音，犹如天籁般曼妙的音乐，透过蓊郁的竹林，透过缥缈的流云，悠悠地传到了外面的世界，嵇康的声名也被传得越来越远，越来越广。很快，山阳的竹林里便聚集了一帮和他一样有着高远之志的雅士，他们终日吟诗作赋，品茶论剑，游山玩水，把酒当歌，一个个放浪形骸，把快乐一点一点地嵌入骨骼肌肤里，过着与世隔绝而又无忧无虑的生活，仿佛一群世外的天仙，不知惹来了多少艳羡的目光。

有了志同道合的朋友与之作伴，平时独来独往惯了的嵇康也没有什么不习惯，相反，他很享受和他们在一起的时光。在竹林里，他继续过着无拘无束、放荡不羁的生活，快活得无以复加。与朋友们聚在一块喝酒时，他完全不在意自己的形象，袒胸露背都是家常便饭，有时喝高兴了，干脆脱光了衣服，彻底地与大自然融合在一起。和他一样生性放达、不拘礼法的老友们也都不以为意，反而觉得这才是一个真性情的嵇叔夜，且由着他与自然相融，在日月山川下做一个坦坦荡荡的美男子。

竹林有贤人

竹林里的生活，是悠闲而又绚丽多姿的，终日与山水相近，与日月相亲，与花草为伴。嵇康很喜欢这样的日子。当然，最让他欢喜的，还是在这里结识的六个好友：阮籍、山涛、向秀、刘伶、阮咸、王戎。后来，他们七人被世人合称为"竹林七贤"，和早于他们的"建安七子"一样，都是当时杰出的才子组合。

和嵇康关系最好的，是比他年长十四岁的阮籍，王维曾有诗云"独坐幽篁里，弹琴复长啸"，其中"弹琴"二字指的便是嵇康，而"长啸"则指代阮籍。

嵇康在音乐领域的造诣非常深厚，弹得一手好琴。除了被后人称为绝响的曲子《广陵散》，他还著有《声无哀乐论》，认为音乐本身并无喜乐、哀乐之分，听者怀着怎样的心境去听，就会听出什么样的感情，而这一论调，对后世影响巨大，至今都还被音乐界奉为至理名言。

阮籍是"建安七子"之一的著名文人阮瑀的儿子，他年轻的时候曾经登临苏门山，向隐士孙登请教问题，孙登概不作答，阮籍只好"长啸而退"。待他行至半山腰时，却忽地听

出素琴挥轻操
清声〇徐风起
邪〇先生〇条忽喜
余照子涵平〇色
八字乃孙理如但
宫〇〇七律字〇
在〇之
特句

乐哉苑中游
逍遥池间观已
万步陆长等兼崇垒
邈焉峙林木孙多
镜言池宴邸雅
凡质丽笔践珍出
惚惚坐千发万溪
辰兮亩同吾轨论川

● 明·祝允明《嵇康酒会诗卷草书》

闻山顶传来长啸，声震山谷，响遏行云，便心怀崇敬地驻足聆听，待山谷重归沉寂后方才下山，归家后即写出了传诵一时的《大人先生传》。

可以说，竹林七贤中，阮籍和嵇康性情最为相惬，他们不仅情投意合，而且彼此视为知己，处得比亲兄弟还要亲。据说，阮籍的母亲去世时，当阮籍看到自己不喜欢的嵇喜前来吊唁时，竟然率性地翻起了白眼，待看到喜欢的嵇康来了后，才又转以青眼相待，由此便可窥见他俩的关系有多好了。

和朋友们在竹林里一起度过的日子，是逍遥快乐而又无忧无虑的，嵇康每天要做的事，不是弹琴就是打铁，不是写字就是画画，不是击剑就是长啸，以至于忘了今夕何夕。当然，嵇康也没有忘了继续研究老庄玄学。闲暇时，他还抽空写了一篇论点清晰并富有文采的《养生论》，生动鲜明地论述了养生的必要性与重要性。这篇文章写出来后，作为第一个读者的阮籍，更是对他佩服得五体投地。

由于阮籍对他的喜欢，嵇康的声名变得越来越大，他开始慢慢走出了竹林，走到了人群中，走到了那个纸醉金迷的红尘世界。玉树临风、英俊潇洒、谈吐风生、气宇轩昂的嵇康，凭借他写的《养生论》，很快就虏获了一大批崇拜者。洛阳城的百姓无不为之倾倒，一时之间，"京师谓之神人"，就连曹操的曾孙女、沛王曹林的孙女长乐亭主，也成了他无数"迷妹"当中的一个。嵇康的到来，不仅惊艳了一座城，更惊艳了所有仰慕者的双眸，而他也顺理成章地成为万众瞩目的超级大偶像，成为万千少女心仪的梦中男神。人们围着他欢呼雀跃，把最美的酒拿出来与之分享，更以能邀请到他去府上做客为无上的荣耀，而他也乐得接受一切的光环，成天欢天喜地地穿梭在花团锦簇的洛阳城中，乐此不疲，渐渐地便衍生出了入世的心思。

这大概是嵇康成年以来，唯一一次想要全身心地融入红尘俗世中。不是因为贪慕虚荣，也不是因为恋慕权势，而是因为他喜欢上了一个姑娘，不带有任何杂念地，很纯粹地喜欢，仅此而已。姑娘就是他万千"迷妹"当中的一个——魏武帝曹操的曾孙女长乐亭主，因为爱情，他选择了为她留下，选择了在红尘俗世里继续修行，而她也没有辜负他的深情，几经努力，终究冲破重重压力和门第的禁锢，以亭主之尊，下嫁给当时还是平民身份的他为妻。

在来洛阳之前，嵇康怎么也不会想到自己竟然会娶一个皇族女子做自己的妻子，更没有想到天潢贵胄的长乐亭主竟然会看得上自己，而且一门心思地想要嫁给他这个一无所有的布衣。然而，缘分就是如此奇妙，他终究还是以平民的身份成为皇家的女婿，婚后不久更被朝廷任命为中散大夫，步入了他曾经最不想步入的仕途，在繁花似锦的京城开启了他的另一种人生。中散大夫，也就是个闲职，并不是什么显官，更没有任何实权，而这对一向无意于做官的嵇康来说，倒也不失是一种最好的选择。作为皇家的女婿，他自然不能够再以布衣的身份出现在大家面前，所以，步入官场，是他人生的必由之路，但这并不意味着他放弃了自己的理想，在朝堂当官的日子里，他照样和从前一样，活得纯粹，活得干净，活得洒脱，活得自在，活得通透，他还和往常一样，终日不是在弹琴，就是在画画，不是在练字，就是在研究老庄玄学。

对于做官，嵇康向来是没有兴趣的，压根就不想与政治产生任何瓜葛，更何况当时的曹魏政权已经被朝臣司马氏慢慢掌控，作为皇室旁支的女婿，他避嫌都来不及，又怎会上赶着往是非堆里钻呢？

公元249年，权臣司马懿发动"高平陵政变"，斩杀掌握皇家权势的大将军曹爽，并夷其三族，自此，司马氏集团一家独大，俨然有了取代曹魏政权而自立的野心。其时，嵇康最为尊重的老大哥山涛，因为曾经拒绝过曹爽的征召，所以受到了司马氏集团的青睐，很快便受到重用，从此一路平步青云，风光无限，而他作为曹家的女婿，即便对政治一点也不上心，也没有任何政治作为，但还是遭到了司马氏集团的猜忌。

自打司马氏集团掌权后，嵇康就彻底远离了官场。他之所以留在洛阳出任这个中散大夫的闲职，不过是为了成全妻族的颜面，不想让爱妻长乐亭主成为整个皇室的笑话罢了。现在好了，曹魏政权旁落，他也就用不着再留在洛阳给老丈人家装点门面了，便辞去了中散大夫的官职，连夜收拾好行囊，第二天天不亮就出发返回山阳，继续在竹林里过隐居生活。

说到底，嵇康从来都不喜欢在官场里摸爬滚打，也不喜欢跟官场中的人物打交道。在他眼里，那些当官的都太复杂、太难侍候了，而且一个个地，浑身都透着恶臭的味道，这让他感到很不习惯，也很不自在，所以，辞去官职，离开洛阳，对他来说反倒是一种解脱，一种彻底的释放。朝堂里的生活，由来都憋屈得厉害，不仅禁锢着他的身心，也禁锢着他的思想，而这并不是嵇康想要的，更与他梦寐以求的人生格格不入，所以，离开，不仅是形势所逼，也是他内心最真实的渴望与选择。

他向往的是自由浪漫的世界，一个无拘无束而又无欲无求的世界。朝堂对他来说，无异于一座富丽堂皇的牢狱，而他真正喜欢的山野森林，尽管没有高楼大厦，没有华衣美裳，没有灯红酒绿，却有着不尽的自由与潇洒。他喜欢山林，喜欢流过山石的清溪，喜欢照在竹林上空的月光，喜欢大自然无穷的生机与活泼的姿态，所以，离开洛阳对他来说，并没有给他带来任何的失落与忧伤，相反，他就像一只逃脱牢笼的金丝鸟，快活得无以复加。

不畏将来，不惧过往

其实，让嵇康下定决心重返竹林，还有一个重要的原因，那便是他向往的是一个"越名教而任自然"的无为而治的社会，而司马氏集团掌握政权后，治理天下的手段恰恰还是周公、孔子的那一套"名教"，与他崇尚的理念格格不入，所以，退回竹林，退回他理想中的那个没有任何束缚与桎梏的世界，是他唯一的选择，也是唯一的退路。

在嵇康离开洛阳后不久，大规模的政治清洗愈演愈烈，大量名士因为遭遇党争之祸惨被屠戮。知识分子朝不保夕，个个如履薄冰，他们手无缚鸡之力，即便有着满腔的热血，也难抵司马氏集团锋利而又无情的刀刃，这让他们感到无比的痛苦和空虚，也深深厌倦了官场上的尔虞我诈，憋足了劲地想要离开朝堂，远离权谋与血腥。于是，他们先后沿着嵇康的足迹，一路向北，走进了嵇康藏身的山阳，走进了青葱茂密的竹林，走进了鸟语花香的山野。

喜欢喝酒的刘伶来了，喜欢长啸的阮籍来了，喜欢弹琵琶的阮咸来了，喜欢玄学的向秀来了，紧接着，有着神童之称的王戎，以及他们的老大哥山涛也来了。他们没有忘记嵇康，在霞光四溢的晨曦中，在夕阳西下的暮色里，他们撑着船，划着桨，跟着嵇康终日穿行在云台山的各个角落里，不是在吟诗作赋，就是在游山玩水，不是聚在一起饮酒，就是围坐在一起大谈老庄玄学。

可以说，这段日子是"竹林七贤"七位老友，共同度过的最为默契也最为开心的一段时光。尽管朝堂上布满了刀光剑影，但他们却在山阳的深山老林里找到了与这个世界和解的方式：全身心地融入大自然中，看山看水，听花开花落的声音，与蓝天白云、花鸟虫鱼作伴。

他们接过"建安七子"的衣钵，把玄学的研究对象由老子推进到庄子，还发展出了"名教就是自然"的新思想，继而奠定了他们在中国文坛的地位，也让"竹林七贤"四个字成为后世文人的楷模与精神图腾。

遗憾的是，即便他们一心想要逃离红尘，想要远远地避开政治与官场，但现实却不愿意给他们一丝一毫的机会。在杀掉曹爽和何晏等名士后，司马氏集团的掌舵者司马懿去世了，接替他上位的两个儿子——司马师和司马昭凶残狡诈，眼见得嵇康等人的日子也跟着越来越不好过了。

竹林七贤的名声实在是太大了，司马氏集团是不会容许他们继续游离于宦海之外的。要么与朝廷合作，出来做官，要么与政府作对，隐居山林，但何晏的下场就是他们的前车之鉴，是选择合作还是对抗，就由他们自己掂量着办了。他们没有想到，身处乱世之中，想要做一个远离政治的闲云野鹤，也成为一种妄想与奢念，屠刀架在颈项上，他们还能有别的选择吗？

司马氏集团看重的是竹林七贤的名望，只要他们肯出来做官就行，至于他们能不能做好，那就不是当权者需要考虑的了。他们也曾苦苦地挣扎徘徊，尤其是阮籍，接连拒绝了多次，到最后还是不得不接受了官职。紧接着，阮籍的侄子阮咸也被迫入仕，向秀、王戎、山涛等纷纷投奔了朝廷，有些人甚至还成为司马氏集团的红人。

唯有嵇康依然继续留在竹林中做世外闲人，无论司马氏集团怎么威逼利诱，他都照例在深山老林里弹琴、打铁。

然而，出不出去做官，根本不是由嵇康说了算的。司马氏集团已经不费吹灰之力，就迅速瓦解了竹林七贤。这个有着强大凝聚力的文人团体逐步分崩离析，各自散落在天涯海角，即便他不肯接受朝廷的任命，对司马氏一族来说也没有什么大不了的，所以一开始，司马昭对他采取了听之任之的态度，只要他不跟自己对着干，那么继续留着他的小命也未尝不可。

好友一个个走出了大山，迈入了朝堂，这对嵇康来说，简直就是兜头一盆凉水，让他从头凉到了脚。他理解他们的难处，也懂得他们的不得已，可他就是难以接受这铁一般的事实，不是说好了都要陪他在竹林终老的吗？为什么在面对司马氏的淫威时，他们都无一例外地选择了出仕，选择了与架空皇帝的司马氏集团合作？

公元260年，在司马懿杀死大将军曹爽11年后，司马懿的儿子司马昭弑杀了皇帝曹髦，另立曹操之孙曹奂为帝。自此，整个曹魏政权完全落入司马氏之手，改朝换代成为迟早的事情。

作为曹魏皇族的女婿兼名流，嵇康再一次进入了司马昭的视野。这样的一个有着极大号召力的人，怎么能不让他为己所用呢？司马昭想要让嵇康成为他借以笼络天下才士的一枚棋子，好为他接下来的篡位做好必要的铺垫，可一心只想摆脱政治束缚的嵇康又怎么会乖乖地就范呢？

摆在嵇康面前的路只有两条，一条是彻底归隐，另一条便是投靠司马氏集团，与朝廷合作。其时，曹魏政权大势已去，司马氏接掌朝政的大局也早已成形，而他又是曹家的女婿，特殊的身份让他无可避免地卷入了政权交替的政治漩涡中，如果真想避免灾祸，最好的办法就是投靠司马氏，像山涛、阮籍、王戎那样，选择与他们合作。可嵇康毕竟不是山涛，也不是阮籍，他始终如一地坚守自己的立场，无论如何也不肯与司马氏集团合作，更不肯给司马昭任何面子，这下，他让司马昭慢慢嫉恨上了。

终究，他还是选择了做他自己，一个与世无争、无欲无求的嵇康。他并不在意司马昭对他的嫉恨，也不在意司马氏集团把他视作了眼中钉，他唯一在意的，就是那帮老朋友对他的态度。

他仍然希望他们有朝一日会回到竹林中来，履行他们当初与他的约定，他仍然在竹林中给他们留着属于他们的位置，他仍然在等阮籍回来长啸，仍然在等阮咸回来弹琵琶，仍然在等向秀回来帮他拉风箱，仍然在等王戎回来陪他清谈，仍然在等刘伶回来一起喝酒，仍然在等山涛回来站在打铁的他身后发出一声由衷的赞美。然而，他等来等去，等到的不是他们的回归，也不是他们灵魂上的响应，而是老大哥山涛对他的举荐。这一下，他彻底地愠怒了，也彻底地崩溃了。

景元四年（公元263年），山涛由尚书吏部郎迁散骑侍郎，他向朝廷推荐嵇康接替他的尚书吏部郎一职。两年之前，山涛由吏部选朝郎升任大将军从事中郎一职时，便已推举过嵇康一次，但遭到了嵇康的断然拒绝。接二连三的推举，让嵇康感到厌烦，身心俱疲的他当然知道山涛推荐他的用意所在——司马昭想要让他出山。这让他愈加对朝政不满，并决定拿山涛开刀，向掌控朝政的司马氏集团发出明确的不合作的声音。

他煞有介事地给老大哥山涛写了一封绝交书，也就是著名的《与山巨源绝交书》。在这封绝交书里，嵇康罗列了自己不能做官的几大原因，包括"必不堪者七"和"甚不可者二"，站到了统治者的对立面。无论如何，这一次，他都要把心里想说的话痛痛快快地说出来，好让山涛死心，也让司马昭彻底打消征召他入朝的心思。

嵇康所列的"必不堪者七"总共有七条。第一，做官不能睡懒觉，这是他没法容忍的；第二，他喜欢弹琴唱歌、打猎钓鱼，做官后有随从跟随，无法随意走动，也是他没法容忍的；第三，他常常十天半个月都不洗澡，身上都长虱子了，因为痒得难受，需要不停地挠，而做了官则要戴官帽、穿官服，拜见上司要正襟危坐，腿脚发麻也不能动弹，这是他更加不能容忍的；第四，他不善于写信，做官后要处理复杂的人际关系，就需要经常跟人通信，这是他无法做到的；第五，他平生最讨厌吊丧，而世人最看重的又是这些，做了官后则不能随意为之，这让他无所适从；第六，他不喜欢俗气的人，做了官后便要与之周旋，这让他感到厌恶；第七，他性情急躁怕麻烦，当了官后，劳神费心的事情太多，实在是让他难以忍受。

"甚不可者二"则有两条。第一，他平时喜欢"非汤武而薄周孔"，即便做了官后也不可能会改变自己的立场，而这些定然是不会被大肆宣扬周孔礼教的执政者所容忍的；第二，他性格刚烈，疾恶如仇，脾气火暴，直率易怒，压根就不可能当好官。综上所述，与其让他出来做官，还不如任由他继续徜徉在山水中，不问世事。

在绝交信的末尾处，嵇康在特别列举了古往今来的四位贤人之后，更将山涛痛骂了一顿。他坦陈自己宁愿赴汤蹈火，也不要踏进这富贵的圈套，一点也不给这个老大哥面子。

从表面上看，嵇康这封绝交信是写给山涛的，其实却是写给以司马昭为代表的执政者的。山涛是嵇康的老大哥，从年龄上看，完全可以做他的父亲了，又怎么会费尽心机地去害他呢？

在司马昭手下官做得越来越大的山涛，之所以会接连两次向朝廷推举嵇康，第一是受到司马氏集团的逼迫，第二也是真心为嵇康着想。作为天下声望最重的名流，嵇康的存在对司马昭来说就是一颗潜在的火种，稍有不慎，他就会燎原，会伤及司马氏的根本，而唯有让他出来做官，才会打消司马昭对他的戒心，才会保他无虞。

可嵇康哪里会像阮籍他们那样委曲求全呢？一向直来直去

癸巳嘉平
月上浣
伯年
任颐 [印]

清·任颐《花鸟册页》

的他，就是要按照自己的心意，去过他自己想要过的生活。山涛对他的好，他哪里能不知道呢？如果不是山涛，他就不会认识阮籍，不会认识刘伶、阮咸、王戎、向秀，也就不会有承继"建安七子"衣钵的文人天团"竹林七贤"的横空出世，他哪里能不记住山涛的这份情谊呢？

想当初，他经常和阮籍一起跟在山涛屁股后面，到处游山玩水，结交文人雅士，以至于山涛的妻子韩氏都忍不住向丈夫发问说："这两人真就有这么了不起，值得你跟他们如此深交？我看你们每天都厮混在一起，难道他们比我还要重要吗？"嵇康依然记得山涛当时答复妻子的话："我身边可以引为知己的，也就只有这两个人了。"短短的一句话，却蕴藏了无限的深情，也让嵇康感动得无以复加，他甚至暗暗许下了誓言，今生今世，无论遭遇怎样的变故，山涛都是他的老大哥。

这就是君子之间的情谊啊，尽管山涛比他年长十九岁，但他们依然一见如故，相见恨晚。遗憾的是，他们最终还是走上了两条不同的道路，这又让他情何以堪？作为曹家的女婿，他不可能选择与弑君背主的司马氏合作，所以，当司马昭一次又一次地向他伸出橄榄枝，想要与他化敌为友之际，他都硬生生地拒绝了。

他是曹家的女婿，也曾是曹魏政权的官员，又怎么会与一心想要取代曹魏的司马昭同流合污呢？他不能，也绝无可能。他能做的唯有拒绝，唯有退避三舍，唯有远远地逃离这个愚昧的疯狂的世界，去山川里将满身的尘垢洗净，继续做一个干净剔透的人。可是，富有雄才大略而又刻毒残忍的司马昭又会如此轻易地放过他吗？答案是不会。他的那封《与山巨源绝交书》，已经彻彻底底地惹怒了司马昭，他越想逃离，司马昭越想把他拉回那个扭曲到近乎残酷的世俗世界中去，他无处可逃。

来生还做一个深情的人

写完《与山巨源绝交书》后没多久，嵇康就得罪了司马昭身边正走红的权臣，召来了一场震惊古今的杀身之祸。

他得罪的不是别人，而是曾经将他视作偶像的司隶校尉钟会。他比嵇康小两岁，出身名门，是著名书法家、太傅钟繇的幼子。年轻的时候，钟会喜欢舞文弄墨，特别崇拜嵇康，总想找机会结识。但他始终不敢登门拜访，所以蹉跎日久，一直没有见过嵇康。

有一年，钟会写了篇《四本论》的文章，想请嵇康帮他指点一二，便鼓足勇气拿着文章登门请教。然而，钟会围着嵇康宅院的围墙转悠了好几圈，还是不敢进门。几番思量后，他便隔着院墙把《四本论》扔进了嵇康的院子。两个人依然没有见面。

长期以来，钟会始终没有进入嵇康的圈子，但嵇康对他的名字并不陌生。说实话，嵇康也很欣赏钟会的才华，尤其是在看了他写的《四本论》后，更是对他产生了一丝钦佩之情，但因为他俩的立场不同，对待人生的态度也迥然不同，所以嵇康始终是不屑与他往来的，更不用说与之为伍了。

在嵇康看来，钟会不仅是沽名钓誉之辈，而且是为虎作伥的恶徒，如果不是他给司马昭出谋划策，司马氏又怎敢弑君？

偏偏，已经出人头地的钟会，在受到司马昭的极度宠信之后，很想要见一见他少时的偶像，以了却曾经的遗憾。他收拾起了少年时期的腼腆与羞涩，穿着华美的衣裳，驾着华丽的马车，带着浩浩荡荡的随从，一路从洛阳逶迤北上，来到了山阳，来到了竹林，来到了他心仪的偶像面前。

对于钟会突如其来的造访，嵇康采取了冷处理的态度，不仅没有躬身迎接，反而视若无睹，即便当钟会出现在他面前向他问候时，他依然选择了沉默以对。那天向秀也在，嵇康撇开钟会，二话没说，便穿上棉袄，披散了头发，躲到大柳树底下，面向火炉抢起大锤，哐当哐当地打起了铁来，而向秀则蹲在一边忙碌地替他拉着风箱，二人配合得非常默契，压根就没把钟会一帮人放在眼里。

时值盛夏，嵇康竟然当着钟会的面穿上了棉袄，这已经不是对钟会的蔑视，而是羞辱了。钟会在心里把嵇康恨恨地骂了个遍，但表面上，他依然保持着一个将领该有的镇定，喜怒不形于色。他只是静静地打量着穿着棉袄站在火炉前不住地抢起大锤打铁的嵇康，希望嵇康最终能够懂得识时务者为俊杰的道理，乖乖地回转过身走到他面前来。

但无论钟会在嵇康面前表现出怎样谦卑的态度，嵇康都铆足了劲地不予回应。双方僵持了半天，嵇康依然没有留给他回旋的余地，最后，钟会只好恨恨地掉转马头，准备回去。可就在这节骨眼上，高傲如许的嵇康竟然昂起了头颅，回转过身望向即将离去的钟会，突地不咸不淡地问了一句："何所闻而来，何所见而去？"这下，钟会沉思了片刻，回了一句："闻所闻而来，见所见而去。"便带着一大帮衣着华美的随从，愤愤地下山而去了。

可以说，钟会此次与嵇康的交锋，是一次乘兴而来，败兴而归的造访。他既没能通过这次相见弥补少时的夙愿，也没能完成司马昭交给他的任务，简直窝囊到了极点。嵇康在钟会面前表现出的种种傲慢而又不肯合作的态度，让他把对嵇康仅剩的一点崇敬之情，都彻底地消弭殆尽。自此之后，他便把嵇康恨了个透心凉，但凡遇到可乘之机，就会在司马昭面前把嵇康狠狠地贬损一通。久而久之，司马昭对嵇康也失去了耐心。

最终，将嵇康推向万劫不复之地的，是他的挚友吕巽、吕安兄弟。让嵇康怎么也没想到的是，这对兄弟居然因为一个女人反目成仇，还把他卷入了一场没有硝烟的战争。

让吕氏兄弟心生嫌隙的女人，是吕安的妻子徐氏。徐氏生得花容月貌，与吕安的感情也很好。没想到哥哥吕巽见色起意，把徐氏灌醉，然后迷奸了。徐氏清醒后上吊自尽了。吕安知情后，要去官府告发吕巽，却被嵇康拦下来了。为了成全吕家的名声，也为了成全吕氏兄弟的情谊，吕安忍辱负重，吃下了这个哑巴亏。

遗憾的是，吕安的退让，非但没有让吕巽对他感恩戴德，反而还招来了更大的祸事。吕巽因为做贼心虚，担心吕安会找他秋后算账，居然抢先跑到司马昭那里倒打吕安一耙，诬告弟弟不孝，动手打了母亲，且被打的人还是父亲吕昭的正妻，也就是吕安的嫡母、吕巽的生母。这一下，吕安算是捅了马蜂窝了。在那个时代，不孝是个很大的罪名，偏偏当时的掌权者司马昭向来标榜"以孝治天下",这动手打嫡母的罪名,也就着实够吕安喝一壶的了。吕巽诬告吕安不孝,不仅抢占了道德的制高点,更抓住弟弟家丑不可外扬的心思,很好地控制了舆论,此时的吕安就像一只待宰的羔羊被绑上了案板,纵是有一万张嘴,也怕是说不清楚了。

与此同时,一心想要取代曹魏而自立的司马昭,也想利用这个事大做文章,让那些不肯跟他合作的名士见识下他的厉害,所以从一开始,就亲自插手这个案件。一个不孝之罪便可以定人死罪,吕巽之所以这么做,无疑是要将吕安送上死路。作为这哥俩共同朋友的嵇康,看不下去了。

愤懑不平之下,嵇康又摆出了当初与山涛绝交时的姿态,给吕巽写了一封绝交书,旗帜鲜明地表达了他对无赖小人吕巽的厌恶与不齿。这封信叫作《与吕长悌绝交书》,跟洋洋洒洒地写了数千字的《与山巨源绝交书》相比,这篇文章写得短小精炼,不过最终达到的效果却非同小可,不仅让吕巽下不来台,更把自己也折腾进了深牢大狱。

这封信发出之后不久,正在流放途中的吕安也给嵇康写了一封告别信,信的内容写得无比悲愤,也很消极,比如"去矣嵇生,永离隔矣",这些都还没有什么,无伤大雅,要命的是,吕安接下来所说的话却犯了统治者的大忌,并最终给他们带来了大祸。

他写到"顾影中原,愤气云踊",意思是说回望中原,他心中这口恶气终究还是散不了啊;他写到"思蹑云梯,横奋八极,披艰扫秽,荡海夷岳",意思是说他想登上天梯,横行海内,去除艰辛,扫却污秽,倾倒江海,夷平山岳;他写到"蹴昆仑使西倒，蹋泰山令东覆"，意思是说他要脚踢昆仑山，让它往西边倒塌，还要踏平泰山，让它往东边倒塌；他写到"平涤九区，恢维宇宙，斯亦吾之鄙愿也"，意思是说他要荡平天下，重新建立天下秩序，而这也只是他一个小小的心愿罢了。想要重建天下秩序？这话该是流放途中的吕安该说的吗？于是，吕安的不孝之罪就迅速演变成了一个谋反大案，还没到被流徙的地方，就被押送回京，等候进一步的处置。嵇康知道，这一次，吕安肯定是凶多吉少了，为救好友于水火之中，他义不容辞地站了出来给吕安作证，请求朝廷公正断案，可让他始料不及的是，还没等他把话说完，他也被朝廷抓进大牢关了起来。

司马昭集团给嵇康定的罪名是"不孝者的同党"，跟后世岳飞"莫须有"的罪名，竟有着异曲同工之妙。欲加之罪，何患无辞？然而，即便事情已经没了转圜的余地，他也罪不至死，偏偏这个时候有人想借此机会除之而后快，这个人就是钟会。嵇康害钟会失尽了颜面、出尽了丑，钟会又怎么能轻易饶了他？就在朝廷不知道该如何处置嵇康之际，钟会随即向司马昭指出了嵇康的两大"罪状"。

第一大罪状是，"康欲助毋丘俭，赖山涛不听"。说八年前，也就是废帝曹髦登基的第二年，镇东将军毋丘俭和扬州刺史文钦一起，以清君侧的名义起兵造反的时候，嵇康也曾想要加入他们的队伍，尽管最后被山涛拦了下来，但由此亦可证见，他的用心极其险恶。毋丘俭打着清君侧的旗号起兵，矛头实际上是指向司马昭的哥哥司马师和司马师背后的司马氏集团。司马昭听钟会这么一说，自然对嵇康恨得牙痒痒。

嵇康的第二大罪状是，和吕安一样，言论太过放肆，太过放纵，不仅攻击国家大典，攻击国家宪章，还攻击祖先，毁谤周公、孔子那样的圣人，扰乱名教，蛊惑民心，这样的人，古往今来的任何君王都是不能容忍他们的存在的。为让司马昭下定决心杀掉嵇康，钟会还推波助澜地说了另外两句话，一句是大将军应该趁着这个机会把他们立即除掉，以维护正常的社会秩序，另一句则说嵇康是和诸葛亮一样的卧龙，这样的人如果不能为大将军所用，日后势必会成为将军的心腹大患。

钟会用心最恶毒的地方，便是这最后一句话。嵇康得罪司马氏集团的地方，简直多到罄竹难书，司马昭又怎么能把一个"卧龙"般杰出的人物继续留在世上与自己作对呢？这样的能人，既然不能为己所用，那留着也是个祸害，索性就杀了，永绝后患吧！

很快，嵇康就被司马氏集团判了死罪。司马昭在进行了各项利弊权衡之后，最终决定将嵇康和吕安一起处死，并下令立刻行刑。

对嵇康的处置，立即引起了在京城求学的太学生们的极度不满。这些学生中有一个叫赵至的年轻后生，一直都是嵇康的"小迷弟"，得到朝廷要处死嵇康的噩耗后，他立马组织了三千名太学生集体给司马昭上书，请求朝廷赦免嵇康的死罪，让他到太学给他们当老师。紧接着，地方豪杰群起响应，各路名士也纷纷出面替嵇康求情，请求司马昭网开一面。可让他们始料不及的是，正是他们的请命，让司马昭更加对钟会所说的话确信无疑，也加速了嵇康的死亡。

太学生们的请命，名流们的联名救援，对司马昭来说，无异于在社会上形成了一股强大的政治示威，而这也让他更加真切地感受到了嵇康的影响力之大。司马昭无路可退，箭在弦上，不得不发，哪怕心里也有些惜才的意思，但司马昭还是义无反顾地下令行刑。

公元263年冬天，洛阳城东门建春门外的马市，嵇康带着最后的从容，披散着长发，微笑着望着前来送他最后一程的人们，哪怕明知这里就是马上要将他执行死刑的刑场，依然面无一点惧色。他并不怕死，但他害怕被人遗忘，所以，在生命的最后一刻，他向监斩官提出了要抚琴一曲的遗愿。

他的愿望很快得到了批准，当他从大哥嵇喜手里接过那把叫作片玉的瑶琴之际，眼里满是喜悦，满是希望，看不到一丝丝的忧伤，也看不到任何的惧怕与嗔恨。他早就将生死置之度外了，既然早晚都有一死，又何惧之？这把琴是他在儿子嵇绍出生的第二年亲手制作的，对他来说自是意义非凡，不过他似乎已经没什么想要对儿子说的了，只是静静地俯下身来掸了掸琴上的灰尘，便旁若无人地弹奏了起来。

嵇康弹的那支曲子叫《广陵散》，取自"聂政刺韩王"的故事，曲中包括了"刺韩""冲冠""发怒""报剑"等乐段，用琴声生动演绎了聂政从怨恨到愤慨的感情发展全过程，同时也体现了琴者对聂政不幸命运的同情，是中国古琴曲中唯一带有兵戈杀伐之气的琴曲。可以说，这是一曲复仇之歌，但嵇康却弹得气势磅礴、变化万千，不带丝毫的愠怒与怨恨，并在结尾处以"感天地以致和"的清正之音，及他一脸从容不迫的微笑，完美完成了他人生最后的谢幕。

一曲弹罢，马市上一片死寂。嵇康毫无惧色地凝视着他怀中的片玉琴，终于忍不住叹息了一声说："从前袁孝尼想跟着我学习《广陵散》，我却没有教他，只遗憾《广陵散》于今绝矣。"说罢，起身离席，引颈赴死，年仅39岁。

嵇康死后，属于竹林七贤的时代也就彻底终结了。从此，阮籍整天喝酒买醉，偶尔还迫不得已地给皇帝写写奉承文章，向秀也不再恣意潇洒，当司马氏不无讥讽地说他不是很羡慕那些隐士的时候，这位曾注解过《庄子》的大才子也只能言不由衷地回道他们有什么值得羡慕的。而那个直接把嵇康送上断头台的祸首钟会，也于嵇康死后的第二年，在其率军灭掉蜀汉政权后，真真切切地造起了反来，结果却被哗变的部下杀死，也算是给嵇康报了大仇。

嵇康死了，但他身后的故事还没有结束。临死的时候，他没有把自己年仅十岁的儿子嵇绍托付给大哥嵇喜抚养，也没有把儿子托付给与他关系最好的兄弟阮籍与向秀照顾，而是把儿子托付了他已宣称与之绝交的老大哥山涛照拂。这样的选择，说明在嵇康心里，从来都没有把山涛当作自己的对立面，相反，他一直都视这个忘年之交为自己最为信得过的人，也间接证明了他当初并不是真的想跟山涛绝交，而只是借着这个由头，向司马氏集团阐明自己一贯以来的立场。

当然，山涛也没有辜负嵇康所托，之后的日子里，他不仅和王戎一起，帮衬着长乐亭主把嵇绍抚养成人，还将嵇绍教导成了一个栋梁之材。后来，嵇绍在八王之乱中，因保护司马昭的孙子晋惠帝而死，谥号"忠穆"。不过，儿子效忠的却是父亲生前宁死都不肯与之合作的司马氏，不知道嵇康若泉下有知，又会作何感想。

关于嵇绍的故事，还有一个小插曲。据说，长大成人后的嵇绍颇有乃父之风，很多见过他的人都不无惊叹地说，这小子"卓卓如野鹤之在鸡群"，简直就是野鹤站在鸡群里头，而这句话不仅形象地赞美了嵇绍，还衍生出了一个著名的成语，那便是"鹤立鸡群"。这话传到王戎耳里后，他只是轻飘飘地答了一句话："君未见其父耳！"意思就是说，那是因为你们都没见过他的父亲嵇康，叔夜那才是真正的鹤立鸡群呢！

明·仇英《人物故事图·南华秋水》

肆

潘岳

拱手相思共你欢

　　潘岳这个名字，其实一直都没有赶超后世人对他一厢情愿的称呼"潘安"。严格说起来，他姓潘，名岳，字安仁，可以叫他潘岳，可以叫他潘安仁，却不能叫他潘安，可为什么大家一提起他就称其为潘安呢？

　　这其实是一个误会，一个美好的误会，一个将错就错的误会。"潘安"的缘起，与诗圣杜甫有着最直接的关联，因为他在《花底》诗中出于押韵合辙的考虑，写下了这么一句话："恐是潘安县，堪留卫阶车。"干干脆脆地把"岳"改成了"安"，把"安仁"省略成了"安"，从此以后，大家也都跟着他一起潘安潘安地叫，久而久之，潘岳也就成了而今的潘安。

　　小时候第一次听说"潘安"这个名号，是与"貌比潘安"这句话紧紧相扣在一起的。潘岳不仅仅是一个人名，还是美的代称，更是世间美男子的象征。一句"貌比潘安"，抵得过千言万语的赞美。这世上又哪里还能找出另外四个字，可以把他的万种风情一一说尽的？

潘杨之好

潘岳不仅是一位大帅哥，还是一位专情的好男人。长得美的男人，自古以来并不鲜见，比如宋玉、何晏、卫玠、兰陵王等，但专情的却不多见，可偏偏潘岳就是一个例外，能够嫁作他的妻子，即便不是上辈子修来的福分，想必也是一桩特别值得欣慰的事。

潘岳的妻子姓杨，名容姬，出自名门望族，父亲杨肇官至折冲将军、荆州刺史，封爵东武伯，是名副其实的大家闺秀。尽管潘岳的祖上也一直在朝为官，祖父潘瑾做过安平太守，父亲潘芘做过琅琊内史，但和权势煊赫的杨家比起来，还是小巫见大巫。如果说杨家是簪缨世族，那么潘家就是名副其实的寒门，按照门当户对的婚配理念，潘岳是怎么也不可能娶到杨家的女儿的，但好就好在杨肇和潘芘是至交好友，于是，这桩看着不太可能的婚事，到底还是水到渠成了。

杨肇到底看中了潘岳什么，偏偏挑中了他做女婿？美貌吗？这只是理由之一，更重要的原因是，潘岳不仅长得标致英俊，更兼才华横溢，打小就聪慧异常，有着奇童之称，正可谓才貌双全，女儿若嫁给了他，就算不能求取大富大贵，一辈子的安逸幸福自是少不了的。

所以，杨肇在女儿10岁的时候，就让她和12岁的潘岳定了姻亲。在他看来，潘岳这个小女婿就是个蓝筹股，将来一定会成就一番事业，即便不能成龙成凤，至少也会成为对国家社稷有用的栋梁之材。杨肇坚信潘岳一定会出人头地，即便所有人都觉得杨家的女儿低就了，他也没有生出半点的悔意来，反而对潘岳多有照拂，时常写信督促潘岳用心做学问，给予了潘岳无微不至的关爱。

当然，潘岳也没有辜负未来岳父对他的期许，小小年纪便以出色的才华得到了当朝大儒的青睐，一时间声名鹊起，比之才高八斗的曹子建来，都毫不逊色。

那么，潘岳到底多有才呢？我说了自然不算，下面就来看看后世人究竟是如何褒扬他的。

南朝时期的钟嵘在《诗品》中，将潘岳的诗歌列为上品；初唐大才子王勃，亦在《滕王阁序》中，用"请洒潘江，各倾陆海云尔"这样的字句，来夸赞潘岳和陆机的才华；其后的历代文人更是用"陆才如海，潘才如江"来形容他的才情。可以说，潘岳是魏晋时期当之无愧的第一流文学家，杨肇把女儿嫁给他，说明他的眼光还是相当毒辣的。

婚后的潘岳对杨容姬一直很好，而且始终只钟情于她一人，不但在妻子有生之年，从未跟任何莺莺燕燕闹过任何花边新闻，更为难得的是，在妻子去世后的十余年内，他居然一直没有再婚，始终都沉浸在对亡妻的思念中，过着孤家寡人的鳏夫生活，直至生命终结。

按理说，在那样的时代，男人娶个三妻四妾都不为过，更何况是文采斐然的天下第一美男潘岳。他要什么有什么，家世，背景，美貌，才华，地位，他一样都不缺，而且在他生活的那个时代，男人终生只娶一个女人，实在是件罕见的新鲜事。

爱，对，真爱，除了真爱，再也找不出任何理由。自打12岁那年和杨容姬定亲后，潘岳这一颗心便都扑在了妻子身上，他才不管自己是什么天下第一美男呢，在他眼里，杨容姬才是他见过的最美丽的人。为了这份美丽，他心甘情愿只守着她过一辈子，哪怕她已经死去，他也要守着和她相关的所有记忆，一个人，孤单而又甜蜜地走下去，无怨无悔，义无反顾。

和杨容姬成亲后，潘岳在岳父杨肇的帮助和提携下，倒也过了好些年清平日子。他先是给西晋开国功臣司空荀颧做幕僚，后来又当上了太尉贾充府上的掾属，官虽然不大，对他来说却是一种必要的历练。只可惜好景不长，太过外露的锋芒和不可一世的才华，让他遭到了当权派的妒忌，便受到各种打压与排挤。

刚刚篡魏自立没几年的晋武帝司马炎为了笼络民心，突然心血来潮，亲自下田干起了农活。潘岳为了歌功颂德，写下了一篇《籍田赋》，把晋武帝大肆吹捧了一番。这篇赋文妙就妙在，尽管它确实是一篇谄媚之作，但却通篇没有一句谄媚之词，不仅辞藻清艳，且字里行间处处洋溢着一个年轻人壮志凌云的雄心，所以没过几天工夫，潘岳的名字便连同他笔下的《籍田赋》一起名震京师了。

从前，潘岳一直以美貌著称于世，而今，他更以文才得到了朝野上下的关注，这让他在欣喜若狂的同时，更乐得一下子便找不着北了。作为晋武帝身边的大红人，岳父杨肇也一直在利用自己的名望替女婿的前程铺路，不仅在司马炎面前对这个女婿赞不绝口，在同僚面前也没少替他延誉。所以，一时间，各种褒誉都仿若雪花般向潘岳砸了过来，让他开始变得飘飘然起来，甚至真就把自己当成天下第一文豪了。

年轻人有了一点成绩，变得骄傲自满，本来是正常的事情。遗憾的是，朝中有很多人都看不惯这个后进之辈，认为他徒有虚名，之所以能够顺利步入仕途且混得如鱼得水，也都是岳父杨肇在他背后帮他。那些出身世家大族的臣僚，从一开始就没把潘岳放在眼里，尽管他的祖父做过安平太守，父亲也当过琅玡内史，但那些都不过是些没什么出息的地方官，怎么能跟皇帝身边的臣僚相比？

一句话，潘岳不过是个寒门之子，他凭什么跟世家子弟争名夺利？出自簪缨世族的大臣们，不仅嫉妒潘岳长得太好看，更嫉妒他满腹的才华——可不能让这个寒门子弟太得意了，一定得在他羽翼未丰之际折断他的翅膀才行。

俗话说得好，人怕出名猪怕壮，潘岳节节攀升的名气，让那些终日尸位素餐的臣僚感到后怕，他们实在不愿意看到这个寒门子弟有朝一日取代了他们的地位，于是干脆把他逐出京城，调到远离洛阳的偏远地区出任县令，一下子把他晋升的路堵死了。

此后十年，人在官场的潘岳，处处受到朝臣的打压与排挤，先是在河阳当县令，后又被迁往怀县做县令。总之，一直都在低级官僚的位置上徘徊，始终得不到提拔。

尽管远离朝堂，那些嫉妒他的朝臣还是没有忘记继续排挤打压他，所以他的日子一直过得不顺心，所幸还有妻子杨容姬始终守在他身边，用她全部的温柔与宽厚，默默地支持着他，给他抚慰，给他温暖。

在那些暗沉而又困顿蹉跎的日子里，妻子就是他的阳光，他的雨露，他的春风，所以，尽管那段日子他一直沉于下僚，但他和妻子的生活还是很惬意的。在杨容姬的开导下，潘岳慢慢放下了内心的不甘与委屈，踏踏实实地在河阳当起了县令。

远离京城，不能当京官，又如何？被人排挤，沉于下僚，又如何？他好歹还是第一流文豪，不是吗？又何必在意那些一时的得失呢？重要的是，他还可以和妻子日夜厮守，一起花前月下，一起弹琴高歌，一起吟诗作赋，这样的日子，岂不比在洛阳时终日里只知道夤缘求进、攀龙附凤要强得多？

除了处理各种繁琐的政务，潘岳还饶有兴致地结合当地的地理环境，率领全县老百姓，在所有适合的地方遍植桃树。日复一日，年复一年，每到阳春三月，放眼望去，花开满县，灿若云锦，简直是美不胜收，他也因此博得了"花县""河阳一县花"的雅号，就连诗仙李白也曾在诗文中夸赞："河阳花作县，秋浦与为人。"

在河阳当县令的这段岁月中，潘岳每天要做的事，可不仅仅是带领老百姓种种桃树、看看桃花那么简单，作为一县父母官，他还要处理很多既麻烦又棘手的公务，甚至是令他头疼的各种诉讼。作为当世的顶级文人，潘岳喜欢做的是游山玩水、弹琴弈棋的雅事，怎么会甘心把宝贵的时间都浪费在这些无休无止的俗事上呢？他不甘心，可又不能不腾出大把时间，去处理这些在他看来都是些鸡毛蒜皮的小事。他很快就想出了一个应对的方法，几番小试牛刀后，不仅非常管用，而且给他留下了"善治"的美名，博得了当地老百姓的信任与爱戴。

　　某天，县衙里像往常一样，来了两个争执不休的平民，双方各执一词，非要潘岳这个县官大老爷替他们主持公道。潘岳照例询问他们到底是怎么回事，一问之下，才知道这二人又是为了一点鸡毛蒜皮的事互相拆台，互相指斥，以至于越闹越凶，到最后闹到了对簿公堂的程度。这可真是公说公有理、婆说婆有理的事，潘岳本来就已经很烦这些吹毛求疵的诉讼了，正想给他们二人各打二十板子断结此案，却突地灵光一闪，也没有判定他们谁对谁错，而是吩咐他们立即帮他去做一件事，给县衙里的桃花浇水。

　　潘岳可不是简单地让他们各浇各的，而是要求他们通力合作，一起完成浇水的任务。水桶只有一只，且不是平常使用的普通水桶，而是尖底的，根本就没办法把它放到地上，正在二人百思不得其解的时候，潘岳又盯向他们若有所思地说了一句：“只要洒出一滴水，你俩就要一起被打板子！”

　　这二人听了潘岳的吩咐后，都害怕屁股上挨板子，只好齐心协力，把县衙里的桃树挨个浇了个遍。就这样，两个人被折腾了整整一天后，不仅力气都使到了一处去，心也渐渐地挨得近了，等浇完所有桃树后，他们也终于大彻大悟，以往的恩怨通通一笔勾销，并主动撤销了诉讼。

　　这个“浇花息讼”的故事，不仅体现了潘岳的智慧，也展现了他在治政方面的能力。古人推崇德治，这种靠德化教育代替刑罚的手段，被誉为最高明的治理，也最得百姓的喜爱，所以，尽管青年时期的潘岳一直都沉于下僚，但这并不代表他是消极怠政的，相反，他利用自己的才华，生生地把自己从一个世不二出的大才子，活成了一个百姓爱戴的县官老爷，不仅成就了一段佳话，更彰显出了他个人的人格魅力。

潘岳之所以能在河阳县令任上，十年如一日地活得那么如鱼得水，主要还是得益于妻子杨容姬对他无条件的支持与包容。婚姻美满，家庭幸福，即便仕途坎坷，又有什么值得长吁短叹的？只要有妻子陪伴在他左右，再苦再难的日子，他也会咀嚼出甜蜜的滋味，幸福随时随地都绽放在他俊美的笑颜里，又哪里会体会到消沉与压抑呢？

有美在前，消沉，不可能的，压抑，更不存在。你看那漫山遍野长满一整个河阳县的桃花，灼灼，灿灿，就跟杨容姬红润的面色一样，美得恰到好处，美得无与伦比，他哪里还有时间去消沉、去压抑呢？不能在京城当京官，无所谓的，不能升迁成为皇帝身边的股肱之臣，无所谓的，只要还有这片怎么也望不到尽头的桃林，还有妻子相伴在侧，他的内心便充满了阳光与欢喜，哪怕终日只吃糠咽菜，也能感受到一份极致的逍遥快乐。

可以说，被赶到河阳当县令的潘岳，对自己的政治前途并没有抱太大的期望，既然权臣们难以容得下他，那他就在远离朝堂的山水天地里过好自己的小日子吧，又何必总是嗟叹着想不开呢？美妻，桃花，流水，明月，清溪，哪一样不是他快乐的源泉，既来之，则安之，他才没那么贪心不足，总想着事事两全其美呢！

泰始八年（公元272年），潘岳在朝堂唯一的后盾，也就是他的岳父杨肇出事了。杨肇本是晋武帝司马炎身边的宠臣，这一年，他受命领兵与东吴大将陆抗作战，结果大败而归，引起司马炎震怒，不仅立即罢免了他所有官职，还削去了他的封爵，直接把他废为庶民。成为平民后的杨肇，终日闭门不出，在家研究儒学。两年多以后，杨肇去世了。司马炎很是哀伤，不仅特地派遣谒者前往杨府祭祀，祠以少牢，而且将他加谥为戴侯，但如此重大的变故，还是对潘岳产生了非常大的负面影响。

朝堂里掌握权势的那些大臣，本来就嫉妒潘岳的才华，处处排挤打压他，杨肇死后，他们更没了忌惮，对潘岳的打击也就变得越来越明目张胆。这个时候，妻子杨容姬也因为父亲的死陷入了巨大的悲痛之中，潘岳只能强作镇定，顶着无数不屑与轻蔑的目光，一边安慰妻子，一边铺开纸笺替岳父写祭文《杨荆州诔》、碑文《荆州刺史东武戴侯杨使君碑》以为祭奠。

对于岳父杨肇，潘岳始终都是心存感激的。他12岁和杨容姬定亲时，天下还是曹魏的天下，可杨肇那会儿已经是大将军司马昭府上的参军了，妥妥的实权派人物，那个时候，他的父亲潘芘还没有当上琅琊内史呢。潘岳19岁的时候，司马炎代魏自立，也就是这一年的年底，潘芘才当上了琅琊内史，而杨肇却已经受封东武侯了。很显然，这两家在当时所处的社会地位，还是有着非常大的差别的。

内史，也就是太守，充其量不过是一个管理地方的地方官。可杨肇就不同了，他不仅是皇帝身边的宠臣，还因功受封伯爵，和潘芘的政治地位自然不可同日而语，但杨肇并没有因此看不上潘家，还是按照当初的约定，将女儿嫁给了当时什么也不是的潘岳。所以，终其一生，潘岳都是非常感激杨肇的，如果不是杨肇对他另眼相看，他也就不会如愿以偿地把杨容姬娶回来，更不会成为人们眼中的时代弄潮儿，即便杨肇死了，他依然感恩戴德，而这从他给岳父所写的诔文，以及岳父去世九年后所作的《怀旧赋》中，都是可以轻而易举地一窥端倪的。

当然，年轻时的潘岳也是很争气的。19岁那年，他跟随父亲前往琅琊，先后写下了《射雉赋》《沧海赋》等脍炙人口的佳作名篇，20岁便以其出色的才华举为秀才，随即出任司空荀颙府上的幕僚，是举世瞩目的后起之秀，也是众人钦羡的栋梁之材，所以，他跟杨容姬的婚姻尽管门不当户不对，倒也算是郎才女貌的绝配。

岳父去世后，潘岳遭受的白眼愈来愈多，随之产生的压力也变得愈来愈大。但这一切都没影响到他和杨容姬的夫妻感情，在风雨飘摇的世事变迁中，他依然故我地把妻子宠上了天，不仅用自己柔暖的笑颜拭去了她眼角悲伤的泪水，更用他的担当为她撑起了一片桃花盛开的艳阳天。岳父死了，不还有他嘛，他坚信他可以让妻子过上比以往更加安逸的日子，他坚信他可以让妻子度过的每一天都有五彩缤纷的绚烂，只要有他在，他便不会让妻子悲伤难过，更不会让妻子遭受一丝一毫的委屈。

晋武帝咸宁二年（公元276年），也就是杨肇去世后的第二年，因为在河阳县任上实施的各种善政美政，努力了多年的潘岳，终于还是入了朝廷的"法眼"，再次被老东家贾充招入太尉府中，做了贾充的幕僚。尽管官职依然低微，但对已经30岁的潘岳来说，则预示着他终于得到了朝官的认可，一切都有了新气象，有了一个好的开端。

然而，才华横溢的潘岳，依旧没能得到朝廷的重用，蹉跎了两年，官位却还是以太尉掾兼虎贲中郎将，主要职责就是在散骑官署宿卫值夜。他已经32岁了，古往今来，很多人都在这个年纪，甚至还要早于这个年纪，便已经建功立业了，可他却还是一如既往地沉于下僚，这可如何是好呢？他有着远大的政治抱负，他想要报效朝廷，可天天让他在官署里值夜，他又如何能够实现自己的理想，如何让妻子过上更好的日子？

他坐不住了，他开始变得多愁善感、患得患失起来。才32岁，他就已经生出了白发，长此以往，是不是，他的一生，便都要葬送在这怎么也望不到尽头的期待中了？已届中年，头发亦已花白，想到自己才高位卑，始终官滞难迁，潘岳难免生出一丝丝厌倦来，他大笔一挥，写下了流芳千古的《秋兴赋》，不仅写出了自己不屑于与那些一无是处的高官显宦为伍的心情，还发出了与其居高遭险，不如效法庄子"逍遥乎山川，放旷乎人间"的呼声。

他想到了归隐，想到了远离那些让他瞧不起的达官显贵，可这事说起来容易，做起来却是难上加难，且不提对他有知遇之恩的岳父早已撒手人寰，到而今，潘家的掌舵人，他的父亲，也已经驾鹤西归。失去了官位，没了俸禄，他又拿什么来奉养母亲、抚育儿女呢？

他真的太难了，先是被嫉妒他的权臣排挤到河阳当了十年闲官，及至回到京城，却还是怀才不遇，依然在下官的位置上蹉跎迁延，看不到一点希望，看不到一丝光明，若不是妻子一直守在他身边苦口婆心地安慰着他，恐怕他早就一蹶不振，成为一个一无是处的废人了。他不想成为废人，可又无法改变眼下的局面，所以他只能把满腔的牢骚都写在文章中，来发泄他对朝廷乃至权臣的种种不满与怨望。

生不逢时，寒门子弟上升的路径，都已经被那些成天只会清谈却不务正业的士族堵塞了，这让专务实事也有政绩的潘岳心里很是不爽，于是，在写完《秋兴赋》后没多久，他居然在通往大殿的阁道的柱子上，写下了一句满怀怨望的话："阁道东有大牛。王济鞅，裴楷鞴。和峤刺促不得休。"当时在吏部负责选拔人才的是尚书仆射山涛，潘岳的意思再明白不过了，就是说山涛只任用贵族子弟，同时讽刺王济和裴楷这些人，天天只知道忙前忙后地侍奉宰相，却不做任何实事，只有和峤还在拼命地干活。这下子，潘岳算是彻底捅了马蜂窝了。杨肇和潘芘在世的时候，大家尚没把他当回事，而今杨肇和潘芘都早已不在人世了，那些达官显贵想要借机整蛊下他，还不是手到擒来的事？觉得你是个人才，才把你从天高皇帝远的河阳县调回京城，没想到你不知感恩，反而还满怀怨念，那就继续离开洛阳做你的县官栽你的桃花去好了！

没有人给潘岳说情，既不敢，也不愿。就这样，潘岳再次被当权派逐出了京城，而这一次要去的地方，却是比河阳县更加遥远的怀县。罢了罢了，去怀县就去怀县，他还真不信了，当不了京官，就能把他给憋死吗？在怀县，潘岳在他位卑职低的县令位置上，照样做得风生水起，各项政务都处理得井井有条，很快便得到了当地老百姓的信赖与爱戴，看样子，这辈子他也就是当县官的命了，那就且行且乐且珍惜吧！

晋武帝太康七年，即公元286年，40岁的潘岳再次回到京城，出任尚书度支郎，虽然时间晚了些，但终究还是回来了，而这对他和家人来说，也着实是一桩值得庆幸的大喜事。守得云开见日出，在尚书度支郎的位置上干了两年有余，潘岳又于太康十年，即公元289年，因为出色的政绩被迁为廷尉评，而也就在这一年，与他相守了二十余年的妻子杨容姬却忽然得了一场急病，最终医药罔效，撒手人寰，自此与他阴阳相隔，年仅41岁。

妻子的去世，打了潘岳一个措手不及。本以为好日子就要降临了，可妻子竟然在这个节骨眼上弃他而去，怎不惹他悲恸欲绝？以后的以后，再也没有人陪他看一树树璀璨的桃花绽放在河堤边，再也没有人陪他看明月在溪山后缓缓地升起，日子终究变得黯淡无光，这人生还能有什么意思呢？

他在妻子的灵堂前许下了重誓，承诺这辈子都不会另娶他人，更不会移情别恋，爱上这世间任何的女子。他是这么说的，也是这么做的，自此后，直至他生命的终结，他都没有续弦，更没有与任何女子产生任何瓜葛，即便当时他的儿女都已经夭折，顶着"不孝有三，无后为大"的罪名，他也没有心生一丝的动摇。

杨容姬去世后，潘岳一下子便陷入了无边无际的痛苦之中，不仅生活过得潦草无比，就连公务都不能正常处理了，没过多久就因为疏于政事被免职了。免职就免职吧，反正他也没有心思再经营仕途了，既然妻子已经离他而去，那就让他一个人静静地守在家中，枕着她往昔的音容笑貌，在记忆的海洋里，了却这多舛而又变动的一生吧！

　　妻子的死，让潘岳痛不欲生。可除了怀念，除了相思，他还能为她做些什么呢？他什么也做不了，他只能在无穷无尽的痛苦中，一遍遍地回忆着她一声声唤他"檀郎"的情景，举笔为她写下一篇又一篇寄托哀思的文章，反反复复地诉说着对她的思念，絮絮叨叨地重复着他的孤单，日复一日，年复一年，直至他步履从容地走上断头台，这份恋慕，却是始终也不曾有过一丝一毫的减少。

　　他为她写下了《哀永逝文》，为她写下了《悼亡赋》，更为她写下了三首缠绵悱恻、感人肺腑的《悼亡诗》。这些文章中，要说知名度最高的，流传最广的，自然要数感情最为深挚的《悼亡诗三首》，这三诗首，不仅开创了寄托哀思的悼亡诗体，更让悼亡诗成为悼念亡妻的专门诗篇，影响极为深远，后世的沈约、元稹等人，也都有题旨相似的诗篇流传于世。

悼亡诗三首

　　荏苒冬春谢，寒暑忽流易。
　　之子归穷泉，重壤永幽隔。
　　私怀谁克从，淹留亦何益。
　　僶俛恭朝命，回心反初役。
　　望庐思其人，入室想所历。
　　帏屏无髣髴，翰墨有余迹。
　　流芳未及歇，遗挂犹在壁。
　　怅恍如或存，回惶忡惊惕。
　　如彼翰林鸟，双栖一朝只。

如彼游川鱼，比目中路析。
春风缘隙来，晨霤承檐滴。
寝息何时忘，沉忧日盈积。
庶几有时衰，庄缶犹可击。

皎皎窗中月，照我室南端。
清商应秋至，溽暑随节阑。
凛凛凉风升，始觉夏衾单。
岂曰无重纩，谁与同岁寒。
岁寒无与同，朗月何胧胧。
展转盻枕席，长簟竟床空。
床空委清尘，室虚来悲风。
独无李氏灵，仿佛睹尔容。
抚衿长叹息，不觉涕沾胸。
沾胸安能已，悲怀从中起。
寝兴目存形，遗音犹在耳。
上惭东门吴，下愧蒙庄子。
赋诗欲言志，此志难具纪。
命也可奈何，长戚自令鄙。

曜灵运天机，四节代迁逝。
凄凄朝露凝，烈烈夕风厉。
奈何悼淑俪，仪容永潜翳。
念此如昨日，谁知已卒岁。
改服从朝政，哀心寄私制。

茵帱张故房，朔望临尔祭。

尔祭讵几时，朔望忽复尽。

衾裳一毁撤，千载不复引。

亹亹朞月周，戚戚弥相愍。

悲怀感物来，泣涕应情陨。

驾言陟东阜，望坟思纡轸。

徘徊墟墓间，欲去复不忍。

徘徊不忍去，徙倚步踟蹰。

落叶委埏侧，枯荄带坟隅。

孤魂独茕茕，安知灵与无。

投心遵朝命，挥涕强就车。

谁谓帝宫远，路极悲有余。

　　无论是在魏晋时期，还是在整个历史脉络上，潘岳都是当之无愧的辞赋大家，而他悼念妻子所写的"悼亡诗"，更是被后人称道了将近两千年的时光，说他是"悼亡题材第一人"，一点也不为过。

　　可以说，潘岳用他独树一帜的文笔，和他细腻婉约的情思，为我们勾勒出了一个好丈夫的形象，同时也用他含蓄温情的笔触与催人泪下的描摹，为我们展现出了一段真挚深沉的感情，每每读来，都令人柔肠百转，唏嘘感动。所以说，尽管潘岳不是一个成功的士人，却是一个成功的丈夫，仅此一端，他便值得今人尊崇，值得我们为他发出一声郑而重之的叹息。

夤缘求进为哪般

晋武帝太熙元年（公元290年），司马炎驾崩，太子司马衷继位，是为晋惠帝。晋惠帝继位后，改元永熙，尊司马炎皇后，也就是他的继母杨芷为皇太后，立妃贾南风为皇后，朝政大权都落于杨芷的父亲太傅杨骏之手。

其时，已经44岁的潘岳，在家赋闲了一年后，居然得到了当朝最有实权的人物杨骏的青睐，很快就将他引入门下，给了他一个太傅主簿的职位。尽管太傅主簿也不是什么大官，但这个岗位却相当重要。潘岳不但成了杨骏身边的大红人，还得到了给晋武帝写诔文的机会，可谓一时风光无限，那些曾经轻贱他、打压他的朝臣，也不得不对他另眼相看。

然而，祸福总是相互依存的，就在潘岳想要在仕途上大展一番拳脚之际，危机也慢慢潜伏在了他的身边。所有祸事的根由，都来自于晋惠帝的皇后贾南风。贾南风虽然生得丑陋，但她却是司马炎最为宠信的大臣贾充的女儿，尽管那会儿贾充已经去世了，但瘦死的骆驼比马大，贾家的势力和在朝中盘根错节的关系还在，这位新晋的皇后自然不愿充当杨骏一家的傀儡，更何况她一直与比她还小上两岁的皇太后杨芷有隙，又怎么能够坐视杨氏一族继续坐大呢？

好日子没过多久，晋惠帝元康元年（公元291年），贾南风联合汝南王司马亮、楚王司马玮发动政变，诛杀杨骏，并夷其三族，就连杨太后的母亲庞氏也不能幸免。太后被废为庶人，遣至金墉城居住，被活活饿死。与杨骏同时被杀的，还有太傅府中的一众幕僚，包括与潘岳同为主簿的朱振等人，而潘岳当时正在京城外公干，所以才幸免于难。

对于潘岳这个杨骏身边的大红人，贾南风自然不想就这么轻易地放过他。幸好，楚王司马玮的长史公孙宏替潘岳多方开脱，才没有让他成为刀下之鬼。公孙宏早年孤贫，客居河阳，潘岳在河阳当县令的时候，对其多有照拂，所以当贾南风想要对潘岳下手的时候，公孙宏站了出来，力保潘岳，楚王才绝了杀他的心思。

然而，死罪可逃，活罪难免，在动荡不安的乱世中，一心想要施展抱负的潘岳，还是不可避免地被罢官除名，降为庶民。这已经是潘岳第二次居家赋闲了，但也正因为这次罢官，他又和早年的朋友夏侯湛走到了一起，二人经常结伴同行，日子倒也过得潇洒落拓。

潘岳和夏侯湛的交情，始于他举秀才后，在太尉贾充府中担任太尉掾的时候。夏侯湛比他年长四岁，跟他的官职相同，那段时期，二人经常聚在一起高谈阔论，除了吃饭睡觉不在一处，好得几乎到了形影不离的地步，而因为他们都生得面如冠玉、唇红齿白，时人更亲切地将他们唤作"连璧"。然而，这对连璧佳人，却因为时局的动荡和不同的遭际，在日后的生涯中，鲜少有能聚到一块的机会，所以这次的重新聚首，他们都倍感珍惜。

遗憾的是，这种惺惺惜惺惺的日子并没能持续多久。当年五月，夏侯湛一病不起，与世长辞了。夏侯湛的死对潘岳的打击很大。他和泪为夏侯湛写下一篇《夏侯常侍诔》的祭文，把无尽的惆怅默默调和在苦涩的酒中一饮而尽，以为忆念。

晋惠帝元康二年（公元292年），四十多岁的潘岳再次被朝廷起用，官职依旧只是个小小的县令，而且是距离都城千里之外的长安县令。

去长安的时候，他把母亲邢氏也带上了。潘岳不仅是一个专情的丈夫，也是个大孝子，中国最早一版的《二十四孝》故事中，就包括潘岳的"辞官奉母"。早在河阳当县令的时候，潘岳就因为率领百姓在县中遍植桃花，而被称为"花县""河阳一县花"，他之所以这么做，就是因为母亲邢氏特别喜欢花，为让母亲一出门就能看到灼灼的桃花，他便下令在河阳县种满了桃树，而这份孝心，也让他得到了老百姓更多的拥护与爱戴。

真正的大孝，都是在一朝一夕中慢慢累积起来的，潘岳虽然没有"卧冰求鲤"的壮举，但也事母至孝，从来都不曾忤逆过邢氏，对邢氏提出的要求，几乎都是有求必应。在长安当了一段时间的县官后，邢氏因为思乡心切病倒了，潘岳想也没想，就做出了辞官奉母归乡的决定。当时，他的顶头上司见他刚刚做出些政绩，假以时日，必能得到升迁，便再三挽留他，劝他不要自毁前途，但他却毫无留恋地带着母亲东归了。

回到家乡中牟后，潘岳把侍奉母亲当作人生中的第一桩大事。他终日在家耘田耕种，还养了一大群羊，每天都要亲手挤羊奶给母亲喝。在他的精心照料下，邢氏得以安享晚年。作为世间首屈一指的大孝子，潘岳被后人编入了第一版《二十四孝》故事中，影响了一代又一代文人墨客。

然而，由于他晚年在政治上投机取巧，趋附权贵，最终导致夷灭三族的后果，七十多岁的老母亲也难逃一死，所以宋人郭居敬在重新编订《二十四孝》时，果断地将其踢出了孝子榜单，用宋代孝子朱昌寿"弃官寻母"的故事取而代之。正因如此，我们在现代通行版本的《二十四孝》中，再也找不见关于潘岳的蛛丝马迹。

其实，以最终的结局来论断一个人的好坏，未免有些失之偏颇，尽管潘岳晚年时期的所作所为不值得称道，但也不能因此抹杀他的孝子之名，就像后人从来都不能否定他的美貌与专情一样，好的便是好的，孬的便是孬的，有什么说什么就成，实在没有必要以偏概全，甚至全盘否定他的德行。

晋惠帝元康六年（公元296年），朝廷重新起用潘岳，召为博士，但他依然以奉养母亲为由，没做多久就辞官了。让潘岳感到讶异的是，这次辞官没多久，他又被朝廷征为著作郎。知天命之际，飞黄腾达了起来，这不仅让潘岳觉得惶恐，也让朝臣们觉得不可思议，就在大家纷纷向他投来惊羡不解的目光之际，他却又从著作郎转为散骑侍郎了。

潘岳的官越做越大，得益于他的好朋友石崇，也就是那个敢与晋武帝的舅舅王恺斗富的石崇。在石崇的引荐下，潘岳结识了贾充的外孙、贾南风最为疼爱的外甥贾谧，并和当时因文采盖世而闻名天下的名士左思、陆机、陆云、欧阳建、潘尼、刘琨、挚虞等二十四人，同时成为贾谧的宾客，因他们时常聚集在石崇的金谷园中饮宴赋诗，故被时人称为"金谷二十四友"。

贾谧本姓韩，是贾充的小女儿贾午与韩寿所生的儿子，后过继给贾充之子贾黎民为嗣，所以便冒为贾姓。贾谧和他父亲韩寿一样，是个相貌俊美、气度不凡的美男子，且好学有才

● 明·仇英《人物故事图·竹院品古》

思，所以深得外祖母郭槐以及姨母贾南风的宠爱。贾南风除掉杨骏、杨芷一族后，很快便掌握了朝政大权，而她最为偏爱的外甥贾谧便成了新一代的权臣，要风得风，要雨得雨，整个晋朝的江山，几乎都转移到了贾氏一族手中。

贾谧不仅对政治感兴趣，对文学也很热衷，所以他才将潘岳等二十四人引为门下宾客，不仅给予了他们极高的礼遇，更许以高官厚禄。在他的提携下，潘岳短短几年就从散骑侍郎，一直做到了黄门侍郎。贾谧很是器重潘岳这位才貌双绝的前辈，对位列"二十四友"之首的他，给予了非同一般的尊崇与礼待。而潘岳也很懂得投桃报李，不仅为他写了很多应景文章，还在背后出谋划策，唆使他主张晋朝以泰始元年为断限，帮他在朝臣中赢得了很大的声名，也更加站稳了脚跟。

让潘岳没有想到的是，自他投入贾谧门下的那一刻起，其实也是投身到了皇后贾南风的门下，而这也预示着他距离最终的祸事不远了。因贾南风无出，她素来不喜欢才人谢玖生的太子司马遹，想要除之而后快。加上贾谧与太子不和，在贾南风面前添油加醋地说了太子很多坏话，最终引发了贾南风的杀心，誓行废黜，并将潘岳也卷入其中，给他带来了灭顶之灾。

很多人都认为，晚年的潘岳是个政治投机客，其实我倒不这么认为。被贾谧欣赏，加入"二十四友"，都不过是缘于一个文人想要扬名天下的原始欲望，有才如斯，却一直沉于下僚，他能甘心吗？自然是不甘心的，那么，当贾谧向他伸出橄榄枝的时候，他又有什么理由不接住呢？

他从来都没有想过要助纣为虐，更没想过要帮助贾谧害人，他只是想在写好文章的基础上，能够有机会实现自己的政治抱负，这有错吗？就算他站错了队，可他的出发点却着实不坏，试想下，那个时候的他，无儿，无女，妻子也早就弃世了，母亲还有好几个兄弟可以帮衬着一起侍奉，几乎了无牵挂的他，又为什么不可以去大胆地追求自己的理想呢？

在我看来，潘岳着实是无辜而又可悲的。无论是时势造人，还是形势迫人，他都没有想过要干预皇家之事，更何况是废立太子那么大的事。潘岳并不是傻子，废立太子关系到国之根本，弄不好就要掉脑袋，他避之尚嫌不及，又怎么会主动迎合贾南风、贾谧，行此大逆不道之事？

然而，皇后和太子的关系已经形同水火，贾南风无论如何都无法继续容忍司马遹的存在，一道圣旨便将潘岳宣进了宫中，要他连夜写就一篇祷神之文，至于祈祷的内容，则是太子日夜祷告神灵，祈愿陛下与皇后早日归天。这样的文章他怎么写得下去？潘岳本能地想要推托，可贾南风是什么人，到这个时候了，还能让潘岳全身而退吗？

在派人宣潘岳进宫前，贾南风已经诈称晋惠帝有恙，把太子司马遹骗到了中宫，并将其置于别室，遣婢陈舞赐以酒枣，将其灌醉，现在就等着潘岳的文章，陷太子以大逆不道的罪名。潘岳活到五十多岁，还从来没有经历过这样的场面，他自然不肯听从贾南风的驱使，不愿与她同流合污，陷太子于不义。可在贾南风看来，身为贾谧的宾客，他便是和自己捆在一条绳上的蚂蚱，所以，不管潘岳想不想写，今晚他都绝对不可能抽身而出。

贾南风给出两条路供潘岳选择，一条是按照贾南风自己的意思，以太子的口吻写一篇诅咒皇帝的文章，另一条则是抗旨不遵，就地正法。箭在弦上，不得不发，想到白发苍苍的母亲，潘岳不得不颤抖着双手，按照贾南风的意思，以太子的口气写下了她想要的祷神文。贾南风拿到了祷神文后，立即让小婢承福拿着纸笔和草稿，让司马遹照抄一遍。那会儿的司马遹已经醉得神志不清了，自然是他们叫他做什么就做什么，于是，一封大逆不道的祷神文，便这样呈送到了晋惠帝手中。

结果可想而知，司马遹很快就被废为庶人，被押往许昌的金墉城软禁。为防夜长梦多，元康十年（公元300年），在身兼太子太傅的赵王司马伦的挑唆下，贾南风到底还是害死了年仅23岁的司马遹。

可就在贾氏一族为太子之死欢呼雀跃之际，同年五月，赵王司马伦却在亲信孙秀的劝说下，打着为太子报仇的旗号发动政变，不仅杀了一向与之交好的贾南风及贾氏一族，还废黜了晋惠帝的帝位，自立为君。

事情发展到这步田地，是潘岳始料不及的。如果不是他在贾南风的威逼下，按照太子的口吻写下那篇祷神文，又怎么会生出如此多的事端来？太子死了，贾南风死了，贾谧死了，贾氏一族也被杀了个精光，他又如何能够独存呢？尽管他不是始作俑者，尽管他不写那篇祷神文，也会有其他人写，但他还是自觉罪孽深重，后悔得无以复加。

早在他跟在贾谧身后混得风生水起的时候，母亲邢氏就提醒过他，不要攀附权贵，应知足常乐，早日悬崖勒马，远离政治是非。而他虽然每次都口头答应，事后却未曾放在心上，才最终酿下了这等惨绝人寰的祸事。如果早就知道会是这样的结局，他又怎么会把自己置于如此不义的境地呢？

他只是想通过贾谧的提携，施展他年轻时未能施展的抱负，哪里知道会发生这么多变故呢？蹉跎了大半生，好不容易才遇到了一个真正欣赏他并愿意给他机会一展拳脚的贾谧，所以他一直以来也都非常感激贾谧和石崇二人，每每等到贾谧出门之际，看到飞起的尘土就开始下拜。别人都说他是谄媚，又哪里会明白他是真的珍惜贾谧给予他的机会呢？

他唯一没有想到的就是，自己被动卷入了皇室的权力之争。其实他早该想到啊，成为贾谧的宾客，又如何能够跟贾南风划清界限呢？跟着贾家人走，迟早都是要罹祸的啊，他悔之不及，怪自己被猪油蒙了心，一心只想着要建功立业，却没有看到祸事已经临近。只可惜，这世上从来都没有后悔之药，还没等他醒过神来，他便和石崇等贾谧的门客，被同时拖上刑场，置于刀俎之上，成为一只只待宰的羔羊。

和他一起死难的，还有潘氏全族人，除了大哥潘释之子潘伯武侥幸逃脱，以及弟弟潘豹的妻子和女儿在刑场恸哭感动了行刑官得到特释，包括他年逾七旬的母亲，和所有的兄弟子侄，乃至已经出嫁的女眷，一个个的，都被杀得片甲不留，怎一个惨字了得。

下令夷其三族的是赵王司马伦，而真正的杀手却是隐藏在司马伦身后的亲信孙秀。司马伦当上皇帝后，孙秀也坐上了宰相的宝座，而这个孙秀，竟是潘岳的老相识，当年潘芘在琅琊当内史时，孙秀就在内史府中充当小吏，与潘岳多有交道。因为孙秀为人轻薄无行、狡黠刻毒，当年没少受过潘岳的白眼与轻贱，甚至被潘岳鞭挞过多次，所以得势后的他，自然要借着这么个机会，好好地跟潘岳算一算总账，便大肆罗织潘岳的罪名，说他准备和石崇一起造反，将潘氏和石氏全族都送上了断头台。

潘岳的结局不可谓不惨，身首异处，而且祸及三族，更在史上留下了怎么也洗不清的污名。

潘岳其实无意卷入权力之争，也不曾想要助纣为虐，斯人已逝，我们现在要做的，就是记住他出众的才华、专一的情感、至孝的品性，品读他的诗句，珍惜当下的生活。

● 明·唐寅《事茗图》

王献之

千古伤心人

　　说起"书圣"王羲之，那是尽人皆知，他的儿子王献之，继承父学，钻研书法，并且学有所成，其影响力曾一度超过父亲王羲之，但是为什么现在学习王献之书法的人那么少？王献之的书法不可谓不高超，而且他的书法是得到过历代书法名家的肯定的。王献之与王羲之并称"二王"，在书法"四贤"中，有他一席位，其他三位为"书圣"王羲之、"草书之祖"张芝和"楷书鼻祖"钟繇。

　　事实上，在唐代以前，王献之的名声的确要高于王羲之，当时的人争相学习的是王献之的书法。

　　《奉对帖》是王献之的代表作品之一，是他写给前妻的一封信，寥寥数语，写出了他的愧疚和深情，可谓字字入魂，因此成为千古名帖。也正是出于这个原因，我想写一写千古伤心人王献之的故事。

两小无猜郗道茂

王献之一生最爱的女人，无疑是他的发妻郗道茂，而他最对不起的女人，也正是郗道茂。

历史上的郗道茂是个温良恭俭让的女子，才貌双全，温柔贤惠。她比王献之大一岁，是王献之舅舅郗昙的女儿，也是他的表姐。他们青梅竹马，从小便是大人们眼中的一对璧人。

王献之的父亲是大书法家王羲之，母亲郗璿亦以书法著称于世。王家和郗家都是东晋时期的世家大族。

作为家中最小的儿子，王献之打一落地起，就是王、郗两大家族儿孙辈中最受宠爱的孩子。六个哥哥争相宠着他，两个舅舅更是把他宠得无以复加，就连比他年长一岁的表姐郗道茂也都变着花样地宠着他，可除了郗道茂对他的好，别人对他的好，他并没放在眼里，因为在他幼小的心里，早就把貌若天仙的表姐当作了他未来的妻子，更笃定自己要跟这位表姐携手共度一生。

小儿子对郗道茂的那点小心事，王羲之自始至终都是心知肚明的，他也乐得玉成这桩婚事，把夫人最钟爱的内侄女娶进门来当儿媳妇，与郗家亲上加亲，岂不是美事一桩？

尽管王家人早就笃定了主意，要帮王献之把漂亮表姐郗道茂娶回王家，但王羲之还是郑而重之地给时为征西中郎将的小舅子郗昙写了一封《与郗家论婚书》，非常恳切地为小儿子提亲。"光阴相接，承公贤女淑质直亮，确懿纯美，敢欲使子敬为门闾之宾，故具书祖宗职讳，可否之言，进退惟命。羲之再拜。"王羲之在论婚书中罗列了王氏家族几代以

来的显职与德行，认为"淑质直谅"的郗道茂，与王献之堪
为良配。

　　但不知道为什么，此信发出后，郗昙却没有在第一时间给
予回复。紧接着，王羲之又给郗昙写去了一封信进行催问。

　　其时，郗昙外镇下邳，远离京师，眼看着郗家女儿一天天
长大，王羲之又如何能不急呢？都道是近水楼台先得月，可在
没有得到郗家明确的答复前，王羲之是不敢掉以轻心的。

　　比王羲之更焦急的是王献之。在等待舅舅的回复之际，一
向活泼好动的王献之干什么都提不起精神。

　　幸好，王家人很快就收到了郗昙的回信。郗昙痛快地应承
了这门婚事。就这样，十六岁的王献之，在王家和郗家全族人
的祝福下，如愿以偿地娶回了十七岁的表姐郗道茂。

　　王家的小郎娶了郗家的女儿，这桩原本稀松平常的婚事，
却因为两家的儿女太过出色，一时竟成了一条爆炸性的新闻，
阖城的百姓都争相前来观看王献之娶亲的盛况，京师里有头有
脸的名门望族都成了王郗两家的座上宾，前前后后热闹了月
余，才算是彻底清静消停了下来。

　　王献之与郗道茂的婚姻，不仅是王郗两家人一直以来的
愿景，更是天作之合。婚后，二人从未红过一次脸，郗道茂
也从未与身为姑姑兼婆婆的郗璇发生过任何的龃龉，一家人
相亲相爱，日子过得甭提有多幸福了。婆婆郗璇是郗道茂
父亲郗昙的长姐，在王献之娶郗家女为妻的过程中，更是
起到了决定性的关键作用，所以，自打郗道茂嫁进王家后，
郗璇便一直把她捧在掌心里。而作为子妇，郗道茂在郗璇
面前也一直恭谨有加，更不曾依仗其娘家侄女的身份恃宠而

骄，她跟几个嫂子亦都处得情同姐妹，并很快就在王家站稳了脚跟。

王献之与郗道茂的婚姻，从表面上看，是佳儿佳妇的理想结合，实则却是王氏与郗氏两大家族的强强联合。

当然，这也不是说王献之与郗道茂的婚姻就完全出于政治目的，他们之所以能够走到一起，成为一对志趣相投、琴瑟和鸣的夫妻，总的来说还是得益于他们心心相印的爱情，以及王羲之与郗昙之间的友情。王羲之在名义上是郗昙的姐夫，实质上他们却是一对志同道合的挚友，能够将一对璧人似的小儿女撮合到一起，自然也是他们由来已久的心愿。

王献之和父亲王羲之一样，对当官并没有什么兴趣，也不喜欢夤缘攀附，他只想读读书、写写字，和郗道茂一起流连在花前月下，做一个风雅清净的人，哪怕一辈子都庸碌无为，也毫不在意。

结婚以后，郗道茂把所有的时间和精力都花在了照顾王献之的生活起居上，王献之走到哪里，她就跟到哪里。王献之渴了，她会在第一时间端上一杯温热的茶水；王献之累了，她会立马蹲下身子替他捶背揉腰。娶妻若此，夫复何求？

尽管郗道茂比王献之年长一岁，但作为丈夫的他，还是把这位小娇妻宠溺到了骨子里。然而，就在王家和郗家都瞪大眼睛等着抱孙子的时候，一向身康体健的郗昙得了一场急病，很快就去世了，享年仅42岁。郗昙的突然弃世，对郗道茂来说，无异于晴天霹雳，要知道，这时距她嫁进王家还不到一年时间，这突如其来的变故，让她深受打击。初为人妇的郗道茂一下子就变作了另外一个人，终日不是以泪洗面，就是痴坐发呆。

是王献之无微不至的关爱与寸步不离的陪伴，让郗道茂慢慢从撕心裂肺的丧父之痛中走了出来，可还没等她彻底恢复往日的音容笑貌，同一年，59岁的书圣王羲之因病去世，撒手人寰。成婚不到一年，他们就失去了彼此生命中最重要的人物，这让他们在悲痛欲绝之际，不得不相互扶持着走过所有的暴风雨雪，以坚强的姿态去面对所有的悲伤与不幸，而这一切，也让他们的心贴得更近，感情变得愈来愈坚固。

共同经历过的丧父之痛，让王献之和郗道茂的婚姻生活，充满了对彼此的理解与惺惺相惜之情。他们不仅是一对情比金坚的夫妻，更是一对志同道合的挚友，他们相敬如宾，琴瑟和鸣，真正做成了人见人羡的神仙眷侣，不仅惹得几对兄嫂"眼红"，就连身为母亲和婆母的郗璿，每每看着他们形影不离的模样，也着实羡慕得厉害。

很快，郗道茂给王献之生下了一个如花似玉的女儿，也是他们唯一的孩子。女儿生得百媚千娇，像玉石一样清灵温润，王献之便用"玉润"二字做了孩子的名字。玉润是他们爱情的结晶，更是他们幸福的源泉。除了写字，王献之把大把的时间都花在了照料女儿上，岂料上天仿佛是有意要跟他们作对一样，没过多久，这个孩子夭折了。小两口的天是真的塌下来了。

眼看着妻子日渐消瘦憔悴，王献之只能强忍着丧女之痛安慰郗道茂说，他们尚且年轻，有的是时间，将来还可以再生孩子。

　　谁也没有算到，郗道茂生下玉润后，便再也没能身怀六甲。膝下无子，是王献之和郗道茂内心的一道暗伤。郗道茂总是委婉地劝说丈夫纳妾。王献之的眼里心里只有郗道茂，对于纳妾的建议，他充耳不闻，得妻如此，有没有孩子又能如何呢？只要他们彼此相爱，心心相印，即便一辈子都没有属于他们的孩子，他王献之也毫不在意。尽管王献之并不在乎妻子无子，但孩子的问题却成了始终盘桓在郗道茂心头的一块心病。

　　在王献之预设的所有人生脚本里，他和表姐是要"执子之手，与子偕老"的，叵耐天意弄人，皇帝的姐姐新安公主偏偏看上了他，而且放出话来，非王献之不嫁。

刁蛮公主司马道福

　　司马道福，是晋孝武帝司马曜的姐姐新安公主。在她非王献之不嫁之前，就已经嫁作他人妇，而她的初婚丈夫便是大司马桓温的儿子桓济。

　　桓济官职与才干并不显达，但他的父亲桓温可是一代枭雄，连皇帝都敢随意废立，绝对是可以左右朝政的第一号人物，所以，嫁给桓家的儿子为妻，也不算辱没了新安公主。

　　然而，恒温去世以后，桓氏一族日渐衰落。后来，桓济参与谋反，被流放长沙。于是，新安公主把桓济一脚踢开，迅速恢复了自由身，从桓府搬回了皇宫。

　　摆脱掉庸碌愚蠢的桓济后，新安公主决定，哪怕遭遇千夫所指，她也要嫁给王献之。过去，父皇做主把她嫁给了她不喜欢的桓济，而现在，她要彻彻底底地为自己活一回，勇敢追求她想要的幸福。

桓温死后，宰相谢安就成了和桓冲一样的实权派。作为谢安的副手，王献之的政治前途自然无可限量。这位面如冠玉、才高八斗的长史，还是司马道福少女时期就心仪过的神仙一样的人物。如果不是王献之早就娶有妻室，当初她一定会缠着父皇把她嫁给他。眼下，她已经恢复单身，如果要再嫁一次，除了王献之，再也没有第二个男人入得了她的眼，假若不能如愿嫁给王献之，那么她宁可终老一生。

摆在司马道福面前最大的难题是，王献之是有妇之夫。郗道茂是王家明媒正娶回来的媳妇，又是权臣的后代，怎么可能会给离婚的公主腾地方呢？然而，司马道福执意要嫁给她喜欢的人。不孝有三，无后为大，郗道茂早就犯了七出之条，只要王献之肯休掉郗道茂，自己不就可以名正言顺地取而代之吗？

司马道福丝毫不管王献之家中有没有妻室，总之一句话，她就是要嫁给王献之，其余的事，就交给皇帝弟弟和太后去办吧！

司马道福就像着了魔一样，成天在皇帝面前软磨硬泡，12岁的小皇帝哪里经受得住她终日的絮叨，便下旨命令王献之休掉郗道茂，另娶新安公主为妻。司马道福本以为有了皇帝的谕旨，王献之即便再不情愿，也不可能抗旨不遵，可她还是低估了王献之对郗道茂的专情，他宁可用艾草灼伤双脚，一辈子行动不便，也不肯就范。

王献之以自残来抗拒这段婚姻，可在司马道福眼里却愈发可爱，她更加一门心思地要嫁给他。对发妻情深若此，说明王献之是个长情的人，自己嫁给他后，也一定会得到她想要的幸福与美满。所以，不管王献之情不情愿，这个男人她都嫁定了，若不能嫁给他，那么她要么老死宫中，要么出家为尼。

早在会稽王府当郡主的时候，司马道福就一直视王献之为自己的第一偶像，幻想有朝一日能嫁他。叵耐父亲司马昱出于政治需要，硬是把她嫁给了桓济，白白受了数年委屈。如今，新安公主刚刚与桓济和离，便把丘比特之箭射向了有妇之夫王献之。

在司马道福眼中，王献之是唯一配得上她的男人。她贪恋他英俊的相貌，喜欢他飘逸的风度，更欣赏他不可一世的才气，不管横亘在他们之间的鸿沟有多么巨大，这个男人她嫁定了。就艺术才能而言，王献之受父母影响，自幼工草隶，善丹青，及至长大成人，一跃成为天下一流的书法大家，加上他天生偶傥的风度，世间又有哪个女子能不对他动心呢？

幼时的王献之，在书法方面的杰出才华便已初露端倪。据说，在他七八岁那会儿，兄长们都忙着一呼百应地出去游山玩水之际，唯有他终日端坐在案前苦练书法，努力的模样，甚至连父亲王羲之都自叹弗如。某一日，王羲之悄悄出现在他身后，想要把他手中的毛笔偷偷搜走，竟然没能成功，由此便可见得他的专注与力道自是常人难以企及。王羲之没想到小儿子如此热爱书法，惊讶之余，禁不住由衷赞叹说："此儿书，后当大名。"最后，果不出王羲之所料，七个兄弟中，在书法方面造诣最高、最突出且能与乃父一决高下的，只有年纪最小的王献之。

王献之的草书下笔熟练润秀，飞舞风流，精密渊巧，出于神智，相当了得。日积月累，他的书法水平很快便达到了可以与父亲王羲之媲美的程度，时人更将他与王羲之合称为"二王"。

王献之在很小的时候，就立志要写出像张芝一样的草书，像钟繇一样的楷书，尽管他没有像父亲王羲之那样"临池洗砚"，但他练字时洗涮的墨，也曾染黑过装满十八口大缸的清水。这样的学习态度，不出人头地绝对没有道理，也难怪他会成为东晋一朝最为出挑的名士。

王献之的书法造诣极高，宋人米芾称他的书法"运笔如火箸画灰，连属无端末，如不经意，所谓一笔书"，并给予他极高的赞誉。凭借高贵的出身，非凡的禀赋，乃至后天不断的努力，王献之在"兼众家之长，集诸体之美"的基础上，创造出了自己独特的书法风格，开启了一代新书风，让他得以和父亲王羲之一起彪炳史册，名垂千古。

这是他一生最大的幸事，却也是他一生的遗憾。他的"一笔书"，给他带来了名望，也让他失去了人生中的最佳伴侣。

王献之不仅字写得好，才高八斗，而且举止清雅，俊逸不凡，更把司马道福迷得神魂颠倒、如醉如痴。

五六岁的时候，王献之就表现出了他异于常人的才情。一次，他看到家中的几个仆人聚在一起玩樗蒲（一种棋类游戏），便也凑上去围观。他一眼就瞧出了双方的胜负，忍不住脱口而出："南边的要输。"仆人们欺他是个小孩，不无轻蔑地望了他一眼说："你就像从管子里看豹，只看见豹身上的一块花斑，却看不到全豹。"王献之听了后，忍不住瞪大眼睛说："我是远惭荀奉倩（荀粲），近愧刘真长（刘惔）。"说完便气呼呼地甩着袖子走了。

王献之的意思是，非常后悔看他们玩游戏，更后悔不该轻易发言，以致被这些人侮辱。荀粲和刘惔从来都不和下层人士接触，所以他深感愧对这两位名士。这个小故事还衍生出了后世耳熟能详的两个成语，一个是管中窥豹，一个是拂袖而去。

王献之曾与哥哥王徽之、王操之一起去拜访谢安。在谢家，两个同样以才名著称的哥哥，一旦打开话匣子，就说得热火朝天，没完没了，而王献之只是随便说了几句问候寒暄的话，便坐在一边沉默不语了。这哥仨离开谢家后，有客人问谢安说："这兄弟几个哪个更加优秀？"谢安回答说："小的。"客人问其原因，谢安又解释说："一般说来，杰出的人话都不多，看他少言寡语，就知道他很不平凡。"

还有一次，王献之和兄长王徽之一起遭遇火灾，王徽之顿时惊慌失措，一心只想着要保命，连鞋子都顾不上穿，就光着双脚立马冲出了室外，而王献之却镇定自若地喊来随从搀扶着自己，从火光中不慌不忙地走了出来。经过这件事后，人们再评论王家兄弟的优劣，便不约而同地认定年纪最小的王献之最优。

这样的王献之，怎能不让自幼在会稽王府中长大的新安公主为之倾心呢？出身士族，才华横溢，风度翩翩，世间又有几个女子不对他芳心暗许呢？尽管王献之已经三十岁了，跟司马道福在年龄上有一些差距，但她哪里管得了那么多，总之一句话，无论王献之肯不肯娶她，她都要嫁给他，势在必得，退无可退。

挡在新安公主和王献之之间唯一的绊脚石，便是年逾三旬的郗道茂。郗道茂无子，早就犯了七出之条，而更要命的是，她背后能够为她撑腰的郗氏家族已开始走下坡路，伯父郗愔一心慕道，过上了退隐的生活，而堂兄郗超更是在与谢安等人的交锋中败下阵来，在朝堂上并没有多少话语权，甚至成了谢安与皇室的打压对象。试问，在这样的情势下，王家又会做出怎样的选择呢？

郗超是桓温的亲信，早在桓温还没有去世的时候，就是他使计让时任平北将军的父亲郗愔交出了兵权，将郗鉴一手打造的北府兵拱手让给了桓温，同时，也是他竭力劝说桓温废掉司马奕，另立司马昱为帝，将整个皇室都玩弄于股掌之间。可以说，桓温做出的很多政治决定，都是郗超在背后策划的，对于这样一个角色，司马皇族又怎么会喜欢他并容得下他呢？司马曜即位后，朝政大权落于谢安之手，作为桓温一党核心成员的郗超，理所当然被排挤出了权力中心，郗家更是遭到了政治对手的无情嘲弄与打压。

谢安不喜欢郗超，却非常欣赏王献之，在东晋权力重新洗牌的关键时刻，身为宰执的他也选择支持新安公主与王家联姻。所以，郗道茂在王家的境遇也就越来越尴尬了。

作为琅琊王氏的旁支，王羲之这一脉在政治上由来没有什么大的建树，但这并不代表他们不想跻身权力中心，而其时已经和郗家一样，不可避免地走上衰落之路的王家，也着实需要与皇室联姻，来提升自己的实力。那么，牺牲一个郗道茂又有什么关系呢？恰恰，王家兄弟和谢安一样，也不喜欢郗超的所作所为，怎么看也看不顺眼，捎带着便对整个郗家都充满了轻蔑与不屑，而这其中就包括王献之本人。

王家兄弟与郗家的不和，谢氏与郗氏的交恶，都无可避免地，在王献之停妻再娶的事件上，起到了推波助澜的作用。尽管王献之本人并不想与郗道茂离婚，但最终还是没能架得住来自各方面的压力，只好眼睁睁地看着他心爱的表姐，带着一身的凄惶黯然离去。

在这里，尤其要注意的一点是，郗道茂与王献之离异后，并没有回到自己的亲兄弟郗恢家，而是寄居到了退居会稽的伯父郗愔家。郗恢的妻子谢道粲，是谢道韫的三妹，安西将军谢奕的女儿，同时也是谢安的侄女，由此可见，谢氏家族一定在王献之与郗道茂的离婚事件中，起到了决定性的作用，否则郗道茂也不会舍近求远，宁可寄居伯父篱下，也不肯回娘家跟着自家兄弟一起生活。

谢安的侄女，一个是郗道茂婆家这边的嫂子，一个是郗道茂娘家那边的嫂子，但凡有一个嫂子肯站出来替她说几句话，想必她也不会遭遇被离婚的窘境。由此看来，谢安与郗超的矛盾，早已到了不可调和的地步，所以，当新安公主闹出非王献之不嫁的幺蛾子之际，谢安便乐得顺水推舟，不仅大力支持，甚至从中暗暗使了很多劲，并最终直接导致王献之与郗道茂以离婚收场。

在谢安与郗超的政治角力中，王氏兄弟，乃至郗道茂的亲兄弟郗恢，都不约而同地站在了谢安一边。作为郗家的一分子，无子的郗道茂便在新安公主整出来的这场闹剧中，不幸成为一个无辜的牺牲品，不仅彻底退出了王献之的生活，更彻底与琅琊王氏分道扬镳，从此，一个人，孤孤单单地走上了一条孤寂的绝望之路。

郗道茂着实够倒霉的，就因为她再生不出孩子，就因为她是郗超的堂妹，就因为郗家已经不复往日的风光，就因为谢安与郗超的矛盾，就因为王氏一族需要通过与皇族联姻来稳固自己的地位，她就不得不把王献之夫人的位置拱手让出来，这叫她情何以堪？尽管东晋时期，女子再嫁并不是什么稀罕事，但她已经31岁了，再说她始终心系王献之，心里已经容不下其他人了。所以，她唯一的选择，就是避开所有王家和谢家的人，跟着伯父一起搬到了远离京师的会稽，一个人默默地心痛，默默地疗伤。

不久以后，她因为积郁成疾，撒手人寰。而她的去世，也成了盘桓在王献之心头永恒的伤痛。王献之在弥留之际，心中念念不忘的仍是郗道茂，认为这一生所做的唯一一桩对不起良心的事，就是与郗道茂离婚。

王献之与郗道茂离婚的同一年，司马道福就迫不及待地嫁给了他。然而，婚后的司马道福过得并不幸福，这个刁蛮而又任性的公主，最终也受到了时间与生活的惩罚，在感情上输得一败涂地。尽管她通过权势与手段，如愿以偿地嫁给了王献之，但始终都没有得到过王献之的心。在将将就就着一起生活了十一年后，她才替王献之生下了一个女儿。这是王献之唯一一个存活于世的孩子，也是日后成为痴呆皇帝晋安帝司马德宗皇后的王神爱。而这期间的辛酸和不足为人道的绝望与悲痛，想必也只有她一个人能体会到吧！

红粉知己桃叶

与郗道茂离异后，王献之先后写下《相迎帖》《思恋帖》《奉对帖》《姊性缠绵帖》，一字一句里，无不渗透着他对前妻深切的思念与挂怀。他在《思恋帖》中写道："思恋，无往不至。省告，对之悲塞！未知何日复得奉见。何以喻此心！惟愿尽珍重理。迟此信反，复知动静。"可谓纸短情长，满腹的相思比海水还深。

《奉对帖》更是写尽了他的无奈与悲伤。"虽奉对积年，可以为尽日之欢。常苦不尽触类之畅。方欲与姊极当年之匹，以之偕老，岂谓乖别至此！诸怀怅塞实深，当复何由日夕见姊耶？俯仰悲咽，实无已已，惟当绝气耳！"

王献之和郗道茂即便是年复一年地相对，也可当作是一日之欢，从不会觉得腻烦；当初那种额头触着额头的欢畅，而今却是再也难以企及，转身而过后，只留下无尽的遗憾与悲凉；他想着要和表姐成双成对，白头偕老，哪知道命运会如此多舛！他实在是伤心惆怅，不知道何时才能够每天见到心心念念的表姐。无论是仰首还是低头，与他朝夕相伴的，都是不尽的悲叹与呜咽；或许，只能等到他断了气，才能彻底终结这种痛苦吧？

忆念着与郗道茂一起经历过的点点滴滴，王献之化悲痛

合作陰作陽擢輕軀

鸛立若將飛飛而未翔踐

樹途之郁烈于步衡薄

而流芳超長吟以慕遠行

聲哀厲而彌長爾迺衆

靈雜遝命疇嘯侶

戲清流或翔神渚或採

明珠或拾翠羽從南湘之

姚子攜漢濱之遊女歎

妃媚之匹兮詠牽牛

獨處揚褈之靡

于翳脩袖以延佇迅飛

晋中令王献之玉版十三行之书

嬉左倚采旄右荫桂旗攘皓腕於神浒兮采湍濑之玄芝余情悦其淑美兮

心振荡而不怡无良媒以接欢兮托微波而通辞愿诚素之先达兮解玉佩以要之

嗟佳人之信修羌习礼而明诗抗琼珶以和予兮指潜渊而为期执眷眷之款实兮惧斯灵之我欺感交甫之弃言兮怅犹豫

而狐疑收和颜以静志兮

● 晋・王献之《洛神赋十三行玉版刻本》（小楷）

为力量，铺开纸笺，一笔一画，认认真真地用小楷写下了曹植的《洛神赋帖》。昔日，父亲把生平最为得意的作品《兰亭集序》送给岳父郗昙作为陪葬之物，而今，他也要给他心爱的女人写一幅字，让她明白，无论何时何地，他的心里只容得下郗道茂一个女子。

于是，他写下了《洛神赋帖》，字里行间，一撇一捺，都写得极其出神入化。"字画神逸，墨彩飞动"的《洛神赋帖》，给王献之带来了更大的声名，可只有他自己知道，他所写的每一个字，都暗藏着他对郗道茂深深的愧疚与满腔的痴爱。即便他没有像陆游给前妻写下大量诗词那样，为郗道茂写下一字半句的文学作品，但他却在书法作品中，无微不至地体现了他对郗道茂的深爱与爱而不得的痴缠。

尽管娶到公主后的王献之，在仕途上一路春风得意，从建威将军一路跃升为中书令，但他心里却始终没有放下过前妻郗道茂，也没有真正开心过一天。身不由己的负罪感，一直如影随形地陪伴着他，使他对自己有知遇之恩的谢安，也开始衍生出一些微妙的不满来。每到夜深人静之际，他就会在心里不停地追问着自己，用表姐的痛苦换来王家的荣耀，到底值不值得？难道为了琅琊王氏的前途，他便可以完全不顾及表姐的感受和幸福了吗？

短短数载，寄居伯父家中的郗道茂便因为终日郁郁寡欢，终至香消玉殒。表姐死了，王献之的天也跟着塌了下来，这个时候，他把所有的怨恨都发泄到了表兄郗超身上，如果不是郗超帮助桓温为虎作伥，私行废立，又怎么会引发那么多的连锁反应，并最终祸及他与表姐呢？

几年以后，郗超也因病离世。郗超去世前，王献之兄弟去拜见舅舅郗愔时都是毕恭毕敬的，礼仪非常周到，可郗超去世后，他们去郗家吊唁时，却都穿着高齿木屐，态度十分傲慢。身为舅舅的郗愔对他们很是客气，请他们就座，没想到王氏兄弟只是坐了一会儿，就态度冷漠地说道："我们还有别的事，先走一步了。"搞得郗愔下不了台，只好望着他们的背影，无可奈何地长叹一声说："如果嘉宾（郗超字嘉宾）还活着，这些鼠辈还敢这样吗？"

其实，王献之是把表姐的死算到了郗超的头上，所以才会表现出如此轻慢。挚爱的表姐都死去好几年了，现在郗超死了，又有什么大不了的？当初，他被逼无奈，只好与郗道茂离婚，可作为罪魁祸首的郗超反倒一直置身事外，这口气他又如何咽得下？与郗道茂离婚，是对妻子变相的保护，可舅舅一家又是怎么护她一生周全的？

无独有偶，谢安也在他面前碰过一鼻子灰。宫里的太极殿落成时，谢安便打算让王献之题写匾额，但他知道王献之做事全凭兴趣，所以不敢直接命令他，只好在闲聊时装作不经意地对王献之讲了一个故事。曹魏的时候，陵云殿上的匾额还没有写，工匠们就误钉了上去，怎么都拿不下来，最后没有办法，只好让当时的书法大家韦仲将站在悬挂的凳子上书写匾额。等到匾额写好后，韦仲将的头发也都变白了，一下子就衰老了很多，他回到家后便跟子孙们说，用这种办法写匾额会死人的，以后可再也不能这样了。

王献之一听，便知道是谢安想让他题字，当即正色说道："韦仲将是曹魏的大臣，怎么可能说出这样的话？如果他真这么说了，只能说明曹魏德薄，说明是朝廷强迫他题字的，而这样做的话，国运注定不会长久。"谢安自然听懂了他的意思，也就不再逼他。然而，王献之为什么要拒题匾额呢？因为他早就对谢安和皇室心生不满了，如果不是他们从中推波助澜，即便新安公主再霸道、再刁蛮，又如何能够把他逼到停妻再娶的绝境？他之所以不肯题字，不过是对皇权无言的抗争，更是想要借此发泄对自己这桩包办婚姻的不满与愤懑。

郗道茂去世后，王献之跟新安公主的婚姻，也继续在貌合神离中维系着。大概也就在这个时候，王献之结识了人生中最为重要的红粉知己，也就是后人耳熟能详的桃叶，并与桃叶乃至桃叶的妹妹桃根，产生了两段浪漫的爱情，自此，刁蛮的新安公主面对丈夫的新欢，只好睁只眼闭只眼，由着他去了。

她知道，王献之是在通过桃叶对她进行报复，可一切的因不都是她自己种下的吗？所以，心怀愧疚的她，只好收起当初的刁蛮与任性，在王献之面前扮演起了一个通情达理的主妇。

王献之把对郗道茂的痴情，都一点一点地分给了桃叶。兴许，是他在青春韶华的桃叶身上，看到了表姐年轻时的身影，所以对她一直都格外用心，不仅让她过上了无忧无虑的富贵生活，还时常在众人面前高调地大秀恩爱，甚至破天荒地给她写下了三首流传至今的《桃叶歌》。要知道，王献之从来都没有给新安公主写过诗，对他终生的挚爱郗道茂，也未曾给她留下只言片语的诗作，可见，桃叶在他心目中占据的位置极其重要。

可以说，在郗道茂去世后，桃叶就成了王献之情感上的唯一寄托。在王献之眼里，桃叶是与他志同道合的红粉知己，甚至，他直接就把桃叶当成了郗道茂的替身。在她身上，他感受到了表姐的温柔体贴，也体会到了只有表姐能带给他的缠绵缱绻，所以，终其一生，桃叶都活在他的柔暖与微笑里，代替郗道茂收获了一段美满而又幸福的婚姻。

关于桃叶的身世，历来众说纷纭，有人说她是秦淮河畔卖唱的歌女，有人说她是建康城中的卖砚女，但不管出身如何，可以肯定，桃叶绝对是一位识文断字且相当有文采的女子，而这也是她之所以能够获得王献之专宠的一个重要因素。

《南史》《玉台新咏》等文献，都收录了王献之写给桃叶的三首《桃叶歌》，《古今乐录》更是直白地说，王献之写这三首诗的起因是"缘于笃爱，所以歌之"。

桃叶歌三首

桃叶复桃叶，渡江不用楫。
但渡无所苦，我自迎接汝。

桃叶复桃叶，桃叶连桃根。
相连两乐事，独使我殷勤。

桃叶映红花，无风自婀娜。
春花映何限，感郎独采我。

缠绵悱恻的《桃叶歌》，足见王献之对桃叶的怜爱之情。据传，这几首诗作写于王献之与桃叶新婚之际，快乐与幸福的情感溢于言表。嫁给王献之后，回家省亲的桃叶时常往来于秦淮河两岸，王献之放心不下，经常亲自伫立在渡口迎来送往，这让他有机会为她写下了千古传诵、脍炙人口的《桃叶歌》。

作为回应，桃叶也写了《答王团扇歌》和《团扇歌》。

答王团扇歌

七宝画团扇，灿烂明月光。
与郎却暄暑，相忆莫相忘。

青青林中竹，可作白团扇。
动摇郎玉手，因风托方便。

团扇复团扇，持许自障面。
憔悴无复理，羞与郎相见。

团扇郎

手中白团扇，净如秋团月。
清风任动生，娇声任意发。

王献之写给桃叶的《桃叶歌》，把他对桃叶的深情与专情，都一览无余地表现了出来，但其实，他终不过是想让全天下的人，包括琅琊王氏和谢安，都明白无误地感受到，他被

● 明·陈洪绶《兰花柱石图页》

迫与郗道茂离异的愤懑与种种不满。既然他无法掌控自己的命运，无法保全表姐一世安稳，那就让那些拆散他和表姐的人睁大眼睛好好看一看，这个世界并非都由他们一手掌控，即便把他和他永远都不会爱上的新安公主强行捏在一起，他的爱情也是要由他自己掌控主宰的。

与其说王献之专宠桃叶，还不如说他始终都无法忘怀他的漂亮表姐。他无法压抑自己的情感，更无法控制自己不去思念已经去世的表姐，那些写给桃叶的旖旎情歌，分明都是他对郗道茂的无尽思念与亏欠罢了。他心中的情殇，终究还是被桃叶看穿了，但她什么也不点破，只是竭尽所能地，用她的柔情与蜜意，最大限度地，抚慰着他那颗受伤的破碎的心。

桃叶明白，王献之对郗道茂的感情是炽热而浓烈的，尽管早已时过境迁，但他永远都不会把他的漂亮表姐抛诸脑后。她理解他，更体恤他，所以她总是有意无意地在他面前扮演着郗道茂的角色，久而久之，竟连她自己都分不清自己到底是那个娇颜如花的歌女桃叶，还是他心心念念的表姐郗道茂。

她依旧往来于秦淮河两岸，他亦依旧守在渡口为她迎来送往。过去的情感，终是剪不断，理还乱，尽管表姐已离去多年，但他始终都没有将表姐忘怀，每每忆及当初的缱绻缠绵，便即痛彻心扉。他把桃叶当成了表姐的化身，所以他总是坚信，只要对桃叶多好上一分，就是对表姐的弥补，只要桃叶舒展开眉头冲他微笑，他便觉得自己和表姐都活在了草长莺飞、陌上花开的春天的温暖里。

因为桃叶，他送她回娘家省亲的渡口，理所当然地被世人称为桃叶渡，千余年来，竟至成了南京城的一处名震天下的风景名胜。自他之后，历朝历代的文人墨客到此，都要徘徊吟咏一番，辛弃疾有"宝钗分，桃叶渡，烟柳暗南浦"之句，姜夔有"想桃叶，当时唤渡，又将愁眼与春风，待去"之句，纳兰性德有"别自有人桃叶渡，扁舟，一种烟波各自愁"之句，吟着诵着，桃叶渡便也成了才子迎娶佳人之地的代名词。

遗憾的是，桃叶和郗道茂一样，受尽了宠爱，却没能为王献之留下一儿半女。没有儿子，后继无人，是王献之的一块心病，桃叶为让王献之不至于绝嗣，甚至说服自己的亲妹妹桃根，也嫁到王家成为王献之的小妾，但直到王献之去世，桃根也未能有子。

公元386年，王献之病重，按照道家规矩，笃信五斗米道的他，要写一封呈献给玉帝的奏章，总结并忏悔自己这一生的种种过失。守候在身边的家人问他还有什么想说的，他只是满怀深情而又愧疚地说了一句："不觉余事，惟忆与郗家离婚。"至死，他都没有忘记他的发妻，没有忘记他的漂亮表姐郗道茂。

他终是带着满心的遗憾与悔恨，走完了自己的人生之路。他虽然死了，但他刻骨铭心的爱情却依然活着，活在桃叶渡的景致里，活在桃叶的眸光中，活在郗道茂的故事里，也活在后人的无限期盼与憧憬里。

清·郎世宁《海棠玉兰图》

陆

苏蕙

你在风中我在月

古代的才女众多，但众多才女中，最让人动容的是苏蕙。

苏蕙天资聪颖，才貌过人，那幅名传于世的回文诗《璇玑图》就是她的代表作。就连女皇武则天看了也"感其绝妙"，非常赞赏她的才华，并为之作《序》。

然而，她生活在前秦，因为太过久远，故而少为人知，现在我特意把她的故事写出来，给读者展现这个绝代才女的芳华。

兰心蕙质苏若兰

苏蕙，字若兰，从她的名字来看，就知道她是一个蕙质兰心的女子。她不仅名字好听，而且是个名副其实的大美女。最为难得的是，苏蕙的文才也相当了得，丝毫不比她的美貌逊色。

苏蕙的父亲苏道质，曾做过陈留县的县令，非常关心子女的教育。苏蕙也没有辜负父亲对她的期待，五岁学诗，七岁学画，九岁学刺绣，十二岁学织锦，无论是琴棋书画，还是女红，样样都学得出类拔萃。

及笄那年，苏蕙出落得美艳绝伦，有着西施与王嫱都难以媲美的容颜。一时间，苏家的门槛，都被上门求亲的媒婆踏烂了。城里城外的少年们，但凡有些家世背景的，个个摩拳擦掌，想要抱得美人归。

然而，对于所有上门提亲的男儿，苏道质都一一婉言拒绝，没有给任何人可乘之机。他不想委屈了宝贝女儿，随随便便地就把女儿给打发了。随着时间的流逝，眼看着若兰的同龄闺密一个个嫁出去，苏道质的心里也免不得发起了愁来。

要是若兰平庸若她的两个姐姐，给她找个门当户对的男子配成对也就成了，可偏生若兰不仅有着国色天香的容貌，还有着堪比曹植的文才，要真把她许给一个资质平平的夫婿，定然会毁了她一生的幸福，可眼下，这兵荒马乱的年头，上哪里去给她找一个志同道合又看得过眼的适龄未婚男子呢？

爹爹的心事，聪慧如许的苏蕙看在了眼里。看着父亲终日因为她的婚事愁眉不展，她也不好说些什么，只能变着法地取悦父亲，要不就是给父亲绣个荷包，要不就是写几首小诗送给父亲，总之，不把父亲逗笑，誓不罢休。

很多时候，苏蕙都遗憾自己没有生就一副男儿身。如果是个男儿郎，想必双亲就不会对她的婚事如此愁烦了，只可惜，上天偏偏让她托生为一个女儿家，让她空有满腔才华，却没有任何用武之地。父亲常常夸她才比文君、左棻，可即便文才天下第一，生于而今这个群雄逐鹿的乱世，又有何用？

她渴望做一个顶天立地的好儿郎，骑马，射箭，冲锋陷阵，决战沙场，做一个有用于国家社稷的栋梁之材，可她偏生只会写几首诗、织几幅锦，对这个世道又有何益？

如果真要问他想嫁给一个什么样的男人，那就让老天爷保佑她嫁给一个苻坚那样的英雄儿郎吧！不需要他长得太过英俊，不需要他有太多的文才，不需要他有出众的家世背景，也不需要他有煊赫的官职，只要他有一颗为国为民的心就好，可这样的男人，她又要到哪里找寻呢？

一晃眼的工夫，苏蕙已经16岁了。她曾经在梦里憧憬了无数次的英雄儿郎，终究还是没有出现。

父亲苏道质真急了。怎么办？时值释迦牟尼佛的圣诞，病急乱投医的母亲，忽地想到了去邻近的扶风县阿育王寺求佛祈祷的点子，一筹莫展的苏道质听了妻子的话后，也觉得有几分道理，当下便收拾好了行囊，备上香花礼烛，带着妻子和苏蕙，前往阿育王寺求神拜佛。

阿育王寺，也就是现在的陕西省宝鸡市扶风县城北的法门寺。法门寺始建于东汉明帝年间，因为寺内的木塔地宫里供奉着佛祖释迦牟尼的指骨舍利，一年四季香火旺盛，尤其是每年的四月初八佛祖生日那天，善男信女从四面八方蜂拥而至，十分热闹。

苏蕙第一次来这座闻名遐迩的寺庙烧香拜佛，也是第一次见到这么多的人，一切对她来说，都是新鲜的。要不是母亲发心要来阿育王寺为她求姻缘，她怎么会见到如此盛大的场景？

　　紧紧尾随在父母身后往大雄宝殿走去的苏蕙，一边双手合十，在心中默默祷告着，一边忍不住回头四下望去，但见目光所及之处，每一个角落都充斥着香客。

　　这些人都是来求什么的？也像她一样是来求姻缘的吗？求姻缘，求姻缘，佛祖真的能听到她的心声，赐给她一个如意郎君吗？苏蕙正愣怔着胡思乱想的时候，母亲已经拽着她的手走进了大雄宝殿。抬起头来，望向殿内威严庄重的佛像，苏蕙又忍不住在心里犯起嘀咕来，就这么一座泥塑的雕像，真的能赐予她一段美满姻缘吗？

　　在佛祖面前许下了誓愿后，苏蕙便起身跟着母亲一起往大雄宝殿外走去。没走上几步，她便发现前面不远处的池塘边围满了人，时而还发出震耳欲聋的叫好声与喝彩声，好不热闹。长年累月深居闺阁的生活，让苏蕙对眼前发生的一切都充满了好奇，母亲知道她的心思，便默许她去池塘边看一会儿热闹，可让她没想到的是，这一看，竟真的就让她遇见了此生中的那个良人。

　　被人们围在池塘边的，是一个二十岁左右的青年小伙子。但见他一身骑士打扮，相貌英俊，身材魁梧，举手投足间透着一股英气。莫非，这就是她要等的良人？

　　说时迟，那时快，苏蕙的心，跟着小伙子脚步的移动，剧烈地跳动了起来。此时，人群中突地又传来一阵惊呼与喝彩，她猛地抬头一看，却见他正拉满手中的弓弦，不慌不忙地朝天上飞过的三只大雁射去。不一会儿的工夫，那三只振翅飞翔的大雁便应声落地，齐刷刷地掉落在她的脚边。

　　大家目不转睛地望着青年，不住地发出由衷的赞叹声。还没等她醒过神来，他便步履从容地走到了她面前，笑容可掬地捡起了掉在她脚边的三只大雁。四目相对之际，她更认定眼神英毅的他绝非池中之物，假以时日，必会成为她心中仰慕的大英豪，只是这样的男人，真的会是她苏若兰的如意郎君吗？

苏蕙忍不住偷偷多看了青年几眼，可就在她盼着他再回头看她一眼的时候，他却又不动声色地拉满手中的弓弦，毫不犹豫地俯下身来朝池中的游鱼射了过去。不一会儿的工夫，水面上便浮起了几只带矢的鱼儿，围观的人群一下子又沸腾了起来，纷纷挤上前把他里里外外围了个水泄不通。

她算是看出来了，今天的阿育王寺，主角不是那个泥塑贴金的佛像，而是年轻有为的他。那箭无虚发的高超技艺，注定会让他成为人群中最为惹人瞩目的那一个，只是，在这朗朗乾坤中，又有谁知道她这个苏家的三女儿，早已对他芳心暗许了呢？

他是谁，姓甚名谁，她一概不知。望着池塘边越聚越多的人群，她的心忽地变得烦躁起来。那些前来上香的善男信女，也不知道中了什么邪，好好的佛祖不拜，却把她心仪的男子围了个水泄不通，即便她踮起了脚尖，伸长了脖子，就连他的背影也看不到了，怎不惹她心生厌烦？她连他是谁还不知道呢，难不成就这样与他生生错过了吗？

苏蕙从来没有品尝过喜欢上一个人的滋味，这一次，她算是真真切切地懂得了什么才叫作爱情。

可她明明才刚刚认识他，也不过只与他有过一面之缘，这真的就是书本上所说的爱慕之情吗？却原来，喜欢上一个人，竟是如此简单，只一眼的工夫，他的笑，他的暖，便勾去了她的魂儿，可怜她还不知道他是否已经婚配，是否也对自己心生爱慕，真正叫人烦恼得很啊！

从扶风阿育王寺回到武功县苏家大宅后，苏蕙就整个儿变成了另外一个人，终日里意兴阑珊，茶饭不思。

他到底是谁呢？她什么都不知道，不知道他姓什么叫什么，不知道他是哪里人，不知道他是谁家的公子，不知道他有没有娶妻成亲，总之，她对他一无所知，无法打听他的来历，也羞于打探他的一切，唯一能做的，便是夜以继日地偎在窗前，默默地想他，痴痴地念他，然后，周而复始地，把他写在诗里，画在画上，绣在荷包上，织到云锦里。

她一天天消瘦了下去，也一天比一天容光黯淡。父亲愁得眉头紧锁，母亲急得团团转，从夫家赶回来探望她的两个姐姐更是拉着她的手，不住地问长问短。她不想说出自己愈来愈萎靡不振的原因，也不能说，更羞于启齿，直到姐姐们从她的画作和织锦里发现了些蛛丝马迹，全家人才算是瞧出了些端倪。

找到了女儿的病根，苏道质立马派出一个贴己的仆人，让他拿着苏蕙的织锦，去扶风县打探那个青年的消息。功夫不负有心人，很快，仆人打探清楚了。原来，那个青年可不是一般的人，而是右将军窦真的孙子窦滔，有勇有谋，就连当今的圣天子符坚都曾当着众位臣僚的面夸赞过他，说他前途无量。最要紧的是，据说窦公子心气特别高，一般的女子根本入不了他的眼，所以蹉跎到二十岁了，还没有婚配。

苏道质悬着的一颗心立马落了下来，论家世，他曾做过陈留县令，女儿嫁给右将军的孙子，也不算高攀，现在唯一的问题就是，心高气傲的窦滔会不会看上他的宝贝若兰，若他对若兰也有意，那便是天作之合了。

窦滔，苏道质轻轻念着青年的名字，忽地长吁一口气，喃喃自语道：不就是右将军的孙子嘛，他的眼睛还能长到额角上去？心高气傲，难得有一个女子入得了他的眼，可那明明是针对那些庸脂俗粉而言，自己的小若兰，才貌双绝，琴棋书画无一不精，女红活也一样不落人后，前来苏府求亲的男人更是趋之若鹜，个个都想把她娶回家中，这样的绝世丽姝，只怕窦滔打着灯笼也难以找见，又怎么会无意于她？

就在苏道质夫妇琢磨着要怎么跟窦家人通上气的时候，窦家人却抢在他们前头先赶到武功县，亲自上门提亲来了。苏道质猜得一点也没错，那天离开阿育王寺后，相思成灾的可不仅仅是他的女儿苏若兰，还有那个少年英杰窦滔，看来这可真是桩天定的姻缘啊！

窦滔几乎是一眼就喜欢上了苏蕙，要不是当时碍于众人围观，他早就借步上前向她打听来历了，本想着等人散去后再找个机会跟她搭讪下的，没想到只一炷香的工夫，她便消失得无影又无踪，着实让他惆怅失落了许久。窦滔暗暗起誓，非苏蕙不娶，可他压根就不知道对方姓甚名谁，渐渐地就害起了相思病来，食不甘，睡不香，每天就知道站在院子里默默发呆，把一家子老小都跟着急坏了。

终于，窦家人还是凭借着强大的关系网，打听到了那个让窦滔失魂落魄的少女的来历。苏蕙，陈留县令苏道质的三女儿，才比文君，貌赛王嫱，是方圆百里鼎鼎有名的大美女、大才女，上她家求亲的媒婆们把门槛都给踏烂了，可苏家就是不肯轻易允婚，所以姑娘眼瞅着已经蹉跎到16岁了，至今还是没有婚配。

这样的绝色丽姝，自然要配个少年英杰才算是正经事，也怪不得苏道质在对待女儿的婚姻大事上，总是高不成低不就的。兴许，那苏家姑娘注定的姻缘，就在自家那个傻小子身上，否则就解释不通那天在阿育王寺，窦滔偏偏在千万人中一眼便相中了她，至今都念念不忘，看来，这傻人还真是有傻福啊！

一个是郎有情，一个是妾有意，窦滔和苏蕙的婚事，便这么愉快地定了下来。苏蕙没有想到，她日思夜想的男人，竟然也在夜以继日地想她，而让她更没有想到的是，他居然还发誓非她不娶，你说，倘若这不是前世注定的姻缘，又是什么？

窦滔，字连波，名好听，字也好听，苏蕙偷偷举着窦家人送来的男方的生辰八字，看了又看，念了又念。窦滔，苏蕙；连波，若兰。他俩不仅是天造地设、珠联璧合的一对佳儿佳妇，便连名字连在一块儿默念，也都透着些郎才女貌的诗情画意。看来，一切都是天注定的。他是她命中注定的夫，她亦是他命中注定的妻。这幸福真是来得太突然了，以至于她穿上嫁衣，被两个姐姐搀着扶上迎亲的花轿之际，仍然觉得有些恍惚，有些迷糊。她真的成了那个在阿育王寺内让她一见倾心的男子的妻子了吗？她真的找到了命定的如意郎君了吗？

嫁给窦滔，是苏蕙梦寐以求的事。她嫁到扶风窦家后，便开始认真履行起了一个妻子应尽的义务。

她陪他射箭，陪他狩猎，陪他练武，陪他骑马，陪他写诗，陪他赋文，陪他看星星看月亮，陪他在花丛下静听蛐蛐儿的鸣叫声，甚至会系上围裙，亲自下厨做他最爱吃的点心汤食。

闲暇的时候，她依然写诗，画画，刺绣，织锦，把他的一言一行都写到诗里，把他的举手投足都织到云锦里。她喜欢看他做一切的事情，哪怕他只是呆呆地坐着什么也不做，她也觉得他是这世上最英气的男子。

在她眼里，窦滔就是她仰慕的英雄豪杰，就是神仙一流的人物，她不仅爱他入骨，更对他崇拜到五体投地。因为爱情，她愿意为他做一个低到尘埃里去的女子，事事以他为先，他高兴了她也跟着高兴，他悲伤了她也跟着悲伤，但凡他遇到什么不顺心的事，她必会在第一时间想方设法地讨他欢心，直到他露出会心的微笑为止。

妯娌们都笑话她活成了丈夫的老妈子，小姑子也取笑她说像是几辈子都不曾嫁过人一样。面对妯娌和小姑子的打趣，她一点也不生气，既然嫁作了他的妻子，不就应该活成他生命的一部分吗？她才不在意别人怎么说，为他做任何事，她都是心生愉悦的。

新婚的日子里，他们每天都形影不离，他走到哪儿，她便跟到哪儿，那股子甜蜜恩爱的劲儿，简直羡煞了身边所有的人。长辈们看到他们这副腻歪的模样，也都不得不由衷地叹一声，好一对珠联璧合的佳儿佳妇，但同时也不免心生困惑，担心长此以往，会贻误了窦滔的性情，耽搁了他的前程。

好男儿志在四方，如此浅显的道理，窦滔又岂能不知？身上流淌着窦氏家族血液的窦滔，可不仅仅是个威猛有余的莽夫，还是个心思缜密、性格沉静且涉猎广泛、精通文史的儒将。作为右将军窦真的孙子，文武双全的窦滔很快就得到了前秦皇帝苻坚的重用，当然，窦滔也没有辜负苻坚的信任与期望，在战场上屡建奇功。

窦滔和苏蕙所处的时代，是我国历史上一个战乱频仍的大混乱年代。老百姓流离失所，哀鸿遍野，饱受战乱之苦，直到前秦皇帝苻坚统一北方后，社会才出现了一个难得的稳定局面。

在协助苻坚攻打东晋的梁州和益州的战役中，窦滔的文韬武略得到了展现。不久，他便因为功勋卓著，得到了苻坚的青睐与赏识，并被提拔为秦州刺史。秦州就是今天的甘肃省天水市，距离窦滔的老家扶风不远。

被苻坚任命为秦州刺史的那年，他不过才二十余岁，真正的青年英雄。他不仅为国家立下了万世不朽的赫赫战功，也为窦家赢得了更加隆重的声誉。作为右将军窦真的孙子，窦滔没有辱没家族的名声，也没有辜负朝廷与苻坚的器重，更没有让他的娇妻苏蕙失望。英雄凯旋之际，苏蕙特地沐浴更衣，前往当初与窦滔相识的阿育王寺还愿，感谢佛祖赐予了她这段锦绣良缘，并祈求佛祖保佑窦滔成为一个爱民如子的好官，恩泽百姓，广结善缘。

窦滔在家没待上几天，便带着苏蕙一起到秦州上任了。抵达秦州后，苏蕙从没有摆出一副刺史夫人的架势，而是每天都亲力亲为地带领着家丁、奴婢忙着收拾打点一切，很快就在陌生的环境中，布置出了一个温馨而又甜蜜的崭新的天地。

在秦州刺史任上，窦滔的文韬武略得到了极好的发挥，朝野内外对他的评价非常高。当然，他取得的一切成就，都是与苏蕙长期以来持之以恒的默默支持分不开的，在他全力以赴地处理各项政务的时候，苏蕙也在努力经营只属于他们的二人世界，让他做什么都没有了后顾之忧。

在旁人眼里，窦滔与苏蕙就是一对名副其实的神仙眷侣。

《璇玑图》平定波澜

在秦州当刺史夫人的生活，是欢喜的，也是无聊的。苏蕙不再满足于终日无所事事的清闲生活，可除了写诗画画、刺绣织锦，或是给窦滔变着花样地做各种好吃的，她还能做些什么呢？

她知道，作为官宦人家的妇人，虽然用不着为温饱问题发愁，但这样的生活太无趣，会让人抓狂。百无聊赖之中，她终于想到了一个消遣的方法，那就是写回文诗，写一种从来都没有人写过的诗体。

回文诗，是一种词句可以回还往复，正读倒读或者前后穿插着读，皆能读通且具有不同意义的诗体，它是由苏蕙首创的。对苏蕙来说，回文诗就是闺阁中的消遣之作，以娱乐游戏的目的为主，她根本就没有想到自己开创了一种全新的诗体。

可以说，苏蕙就是回文诗的开山鼻祖。在摸索写作回文诗的过程中，苏蕙始终满心都洋溢着无尽的欢喜与愉悦，当她意识到这种崭新的创作方式能帮她赶走各种无聊与无趣后，便把终日忙于政务的窦滔也拉进了这种游戏中来。渐渐地，窦滔脸上的笑容也变得越来越多了。

是回文诗，拯救了苏蕙死水般沉寂的生活，也让她和窦滔的夫妻感情变得愈加坚固。他们在写回文诗的时候，不仅遇到了各种各样的挑战，也得到了无穷无尽的乐趣，毫不夸张地说，这种诗体就是他们夫妇间的黏合剂，让他们在全身心地投入创作之际，再也分不清彼此。

回文诗让苏蕙整个人都焕发了璀璨的风姿，也让窦滔变得更加精神抖擞。茶余饭后，他们探讨得最多的话题就是回文诗，总是在琢磨着如何写得更好，如何写得更加新颖，如何写得更加引人入胜。因为要写好回文诗，保证自己不会输给妻子，窦滔走到哪里都在冥思苦想，以至于贻误了军机，甚至到了抗旨不遵、不服从朝廷调度的地步，而这样得来的直接后果，便是被贬谪到了远在沙漠腹地的敦煌。

敦煌和天水，两地相距1400公里，在苏蕙所处的那个时代，说是贬谪，其实跟流放也没什么区别了。敦煌不仅地处偏远，而且风沙极大，生活异常艰辛，所以，接到左迁调令的窦滔，愣是没有同意苏蕙要和他一同前往贬地的请求，而是当即派人把她送回了扶风老家。

苏蕙悲恸欲绝，夫君少年成名，在战场上以一当百，不怕死，不怕苦，不怕累，为朝廷立下了汗马功劳，却为何落得个被贬流沙的下场？思来想去，都是她的过、她的错，她要不让他成天写什么回文诗，他又怎么会不听朝廷调度，生生把自己逼成了一个狂妄自大、刚愎自用的人？

于是，怀着无比的悔恨与悲痛，她运用自己独具的天赋，连夜创作出了一幅《织锦回文》，并设法将之转呈给了大秦天子符坚，希望他能回心转意，撤回贬谪窦滔的谕旨。

后世流传的苏蕙所写的回文诗共有两种。一种是《璇玑图》，全文共841字，另一种便是只有112字的《织锦回文》，尽管后者没有前者的名气大，但在甘肃省天水市一带却是流传甚广。

这篇编排为纵十四行、横八列的回文诗，同之后窦滔调镇襄阳之际，由苏蕙创作并得到一代女皇武则天交口称赞的《璇玑图》不同，起"夫"止"妻"二字，回环往复，篇篇都是感人肺腑的佳作，而尤以下面的这首最为知名，也最能打动人。

> 夫妇恩深久别离，鸳鸯枕上泪双垂。
> 思量当初结发好，岂知冷淡受孤凄。
> 去时嘱咐真情语，谁料至今久不归。
> 本要与夫同日去，公婆年迈身靠谁？
> 更想家中柴米贵，又思身上少寒衣。
> 野鹤尚能寻伴侣，阳雀深山叫早归。
> 可怜天地同日月，我夫何不早归回。
> 织锦回文朝天子，早赦奴夫配寡妻。

全诗语言质朴，结构甚为巧妙，有对丈夫无尽的思恋，有对丈夫被贬流沙的愤恨，有对年迈公婆的不舍，有对生计的各种无奈，也有对天子赦夫回归的期盼，字字句句，无不情真意切，感人至深，是一首绝妙的闺怨诗。

然而，这幅《织锦回文》却没有感动圣天子符坚，也没有打动那些平日里没少夸赞过窦滔的朝臣。他们看了苏蕙的回文诗后，都感佩窦滔的妻子是个不可多得的大才女，但王子犯法亦与庶民同罪，更何况只是秦州刺史的窦滔？按当时的律例来看，抗旨不遵、不听从朝廷调令的窦滔，其罪完全可以杀头了，但苻坚始终顾念他是个人才，便把他贬到了遥远的流沙，也算是杀杀他的傲气，以儆效尤。

死罪可免，活罪难逃的窦滔，到了处于荒漠地带的敦煌后，并没有自暴自弃，而是在艰难困苦的环境中，更好地磨砺了意志与毅力。他写给苏蕙的家信中，从来都不提边地的生活有多苦、有多难，但兰心蕙质的苏蕙又怎么会想象不出丈夫的艰辛处境呢？

为安抚丈夫那颗寂寞的心，苏蕙每天都坚持给丈夫写信。一开始，丈夫还时不时地给她回信，给她讲在边地发生的各种趣事，但渐渐地，丈夫的来信就变得少了，到最后，甚至几个月都收不到一封他寄来的家书，她亦免不得跟着胡思乱想起来。到底发生什么事了？为何这么久都没有给她回过一封家书？

她再也按捺不住了，不管不顾地，想要效仿孟姜女，去敦煌寻夫。可就在她铁了心准备动身之际，却从秦州来的故旧那里听到了窦滔已经在敦煌纳妾的消息，这一下，她整个人立马便跟霜打的茄子一样，彻底蔫了。

纳妾？怎么可能会纳妾呢？窦郎在她面前起过誓，这辈子都只爱她苏若兰一个人，他怎么会背弃他们的誓言，在敦煌偷偷地纳妾呢？来人告诉她，窦滔在敦煌纳妾是千真万确的事，而且说出了那个女人的名字，姓赵名阳台，不仅生得纤细艳丽，更能歌善舞，把窦滔迷得神魂颠倒，恨不能天天都围着她打转，又哪里还会有心思给她回家书？

● 明·仇英《苏惠回文凯旋诗》

　　她伤心欲绝，却又欲哭无泪。她以为他病了、死了、受伤了，万万没有想到，他竟然是变了心，背叛了他们的爱情！她第一次真真切切地感受到嫉妒的滋味。她已经无法让自己做到理智冷静。她举起剪刀，剪掉了所有把他的模样织进去的云锦，顺带着把给他新做的衣服鞋帽都毁于一旦。既然是窦滔先违背了他们的誓言，那就别怪怨她要与他一刀两断、恩断义绝了。无论曾经的他们，是多么和谐恩爱、心有灵犀，在背叛这件事面前，一切的说辞与解释都是没有用的，哪怕远在武功县的父母特地赶来劝她，她都坚定不移地摆出了一副誓不原谅窦滔的架势。

　　别人三妻四妾，她苏蕙管不着，可窦滔明明是答应过她的，绝对不会另娶他人。爱情对苏蕙来说，是容不下第三个人的，她也坚决不允许他人插足自己和窦滔的感情。

　　人生若只如初见，那该是多么美好，可人生又哪里会总是一帆风顺呢？过去，苏蕙总在家书里劝慰窦滔，生活中没有过不去的坎，只要咬咬牙就可以坚持过去了，可这次，她却再也无法用相同的方法说服自己了。如果说窦滔是太过寂寞了，那么他在遥远的边地纳个侍妾照顾他每天的饮食起居，倒也无可厚非，可让她恼恨的是，他竟然被那个赵阳台迷失了心志，连一封家书都不肯给她回，而这是她无论如何也接受不了的。

　　他就是有了新人，忘了旧人。成天沉溺在赵阳台温柔乡里的窦滔，已经忘了苏蕙的存在。是的，他忘了她，彻彻底底地把她抛诸脑后，而她唯一能做的，就是怨恨，就是以泪洗面，除此以外，她什么也做不了，更无法改变些什么。

　　苏蕙第一次真切地感受到害怕的滋味。从前，她对自己的容貌和才华都颇为自信，也坚信窦滔不会辜负她，可让她意想不到的是，他居然能在流沙那样的地方纳了一房小妾，而且那个小妾还长着一副国色天香的绝色容颜，让他忘了妻子，无心再给她回家书，这怎么能够让她不衍生出巨大的危机感呢？

赵阳台人长得美，而且能歌善舞，"歌舞之妙，无出其右"，放任这样的一个美人儿长期留在丈夫身边，她又如何能够安心呢？罢了罢了，眼不见为净，扶风距离敦煌何止千里之遥，他们要怎么爱就怎么爱吧，只要不到她面前来，她就都可以忍受。

晋武帝太元四年（公元379年），即前秦建元十五年，秦主苻坚率兵攻下东晋襄阳郡（今湖北省襄阳市），并以中垒将军梁成为荆州刺史，配兵一万，命其镇守襄阳。因担心梁成守不住襄阳，考虑到窦滔的文韬武略，苻坚决定重新起用他，并拜其为安南将军，让他协助梁成一同守护这座位于交通要塞上的军事重镇。

就这样，被贬敦煌的窦滔，又成了皇帝钦点的安南将军。从敦煌出发去襄阳的路上，窦滔特地带着赵阳台回扶风老家，暂时居住了一段时间，一来是想让苏蕙与赵阳台彼此认识一下，二来也是想在窦家正式给赵阳台安插一个位置。然而，这一切对苏蕙来说，却是无论如何都不能接受的，她天天对着赵阳台横挑鼻子竖挑眼，更不肯给赵阳台任何名分，成天闹得家里鸡犬不宁。

这边厢，苏蕙天天找赵阳台的茬，挑赵阳台的毛病；那边厢，赵阳台也不是个忍气吞声的主，时不时地就在枕边向窦滔进谗毁谤苏蕙，大有想要取而代之的架势。妻妾不和，让窦滔很是烦闷，就在他决定要带着苏蕙一起去襄阳赴任之际，苏蕙却断然拒绝了他，而且当着窦家所有长辈的面表示，如果窦滔执意要给赵阳台一个名分，那她就只能向他讨要一封休书了。

窦滔没想到过去的那个通情达理的妻子，竟然变得如此刚烈，他索性丢下苏蕙，只带着宠妾赵阳台，到襄阳赴任去了。

苏蕙没有想到，窦滔居然能够做出这么无情的事来。他们的关系很快就降到了冰点，他们谁也不肯先向谁低头，更不肯向对方说哪怕是一句半句的软话，白白便宜了赵阳台，竟让她以将军夫人的身份在襄阳城过着歌舞升平的逍遥生活。

这世间，从来只有新人笑，却无人见过旧人哭。当赵阳台每天都打扮得花枝招展地穿梭在襄阳城中的时候，苏蕙却是终日都沉浸在以泪洗面的悲苦与愤愤不平之中，难以自拔。她想过离开窦家，想过与窦滔和离，但等她恢复冷静之后，便又开始意识到自己有多么爱窦滔。

痛定思痛之后，她决定不再怨恨，不再嫉妒，也不再谴责痛恨任何人，而是沉下心来，把对丈夫的思念，用一首首回环往复的回文诗，以五色彩线，织到了满含深情的五彩云锦里，而这也就是流芳百世，甚至让女皇武则天都啧啧称叹的《璇玑图》。

《璇玑图》用五彩丝织成，锦方八寸，横竖各29字，共计841字，顺读、回读、横读、斜读、交互读、蛇行读、退一字读、重一字读、间一句读、左右旋读，纵横反复，皆成诗章，尽管结构有所不同，但主题都不离闺怨之情。

宋代李昉等人编纂的《文苑英华》中保存的武则天所作

《苏氏织锦回文记》一文,说《璇玑图》总共能婉转读出二百多首诗,堪称奇妙至极。但其实随着后世之人不断地对它进行各种不同的解读,能够读出的诗篇早就超过了这个数目,仅据《扶风县志》记载,这篇841字的《璇玑图》,到清朝时,就已经被解读出了9958首诗,蔚为壮观。

这幅五色鲜明、光泽晶莹的《璇玑图》,不仅是苏蕙在诗才上的一种巨大突破,也是她尝试着对爱情进行的一次救赎。云锦刚刚织出来的时候,所有见识过它的人都搞不清头绪,看不出个所以然来,苏蕙却微微笑着说:"徘徊宛转,自成文章。非我佳(家)人,莫之能解。"她相信,这幅织锦图,除了她自己,便只有与她心有灵犀的窦滔能看懂了。

此时此刻,她已经不再执着于那些让她嫉妒得失去理智的爱恨情仇了,也不再在意丈夫宠爱妾室赵阳台了,她唯一在意的,便是她依然深沉地爱着窦滔,爱着永远住在她心里的那个少年英雄,而这份爱她也一定要让他看得见,更要让他深切地感受到。

苏作兴感昭恨神,辜罪天离间旧新。
霜冰斋洁志清纯,望谁思想怀所亲!

伤惨怀慕增忧心,堂空惟思咏和音。
藏摧悲声发曲秦,商弦激楚流清琴。

后人写回文诗,大多不过是正读一遍,再倒读一遍,文通字顺已是难得,但苏蕙的织锦回文,却是东西南北、顺逆内外，竟然有多达数千种的不同读法。一幅五色织锦，莹心耀目，诗情澎湃，这固然是难得一见的聪慧与不可一世的才华，但更多的，却是满腔的深情与挚爱。

她写她因为思念，终日里无心梳洗，以至于让宝镜都蒙了尘；她写她鼓琴弹曲，却仍是心意难平，既抒发了心底的幽怨，又怀着坚贞的真情。共同的生活痕迹，如同追踪的镜头，一字一句，都透着岁月的慈悲与恩情，回首之间，苏蕙已是泪眼婆娑。她把《璇玑图》交给了平素里一个最为信赖的仆人，让他亲自送到襄阳，送到窦滔手里，好叫他知道，她是如何地爱他、想他，如何地为他茶饭不思、坐卧难安。

当《璇玑图》被送到窦滔手中后，这个少年成名的将军，再也掩饰不住对妻子的思念之情，立即就给她寄去了一封家书，嘱咐她要照顾好自己，不要一心只惦念着远方的他。是《璇玑图》，拯救了窦滔与苏蕙濒临崩溃的婚姻，也是《璇玑图》，让窦滔开始郑重其事地思量起他和苏蕙、赵阳台的关系。一个是他的爱妻，一个是他的宠妾，他哪个都放不下，到底该如何取舍呢？

他总是喜欢站在《璇玑图》前，默默追忆自己和苏蕙的种种过往，每每想起他们当初的甜蜜与和谐、默契与欢愉，他便心生难过，不忍释卷，而这也引起了赵阳台极大的不满，不仅经常借故跟他闹别扭，甚至当着他的面，用极其恶毒的字眼，竭尽所能地谩骂诋毁苏蕙。终于，他到底还是横下了一条心，叫来手下，把赵阳台遣送回原籍了，同时，派出精心装饰过的礼车，把苏蕙从扶风老家接来了襄阳。自此，夫妇二人重归于好，比从前还要恩爱上数倍。

　　这一封思念的锦书，虽以刺绣为底色，但却一览无余地，显现出了爱情的厚重与深挚，那一针一线、一字一句织出的回文诗，都是岁月深处绽放出的最美的情花，也是苏蕙内心珍藏的最为深沉的爱。多年以后，苏蕙写过的绝大部分诗歌，都已经散失殆尽，但这幅光彩夺目的《璇玑图》，却一直被世人狂热追捧，并毫无悬念地成为象征爱情的文化符号。而从那之后，"锦书""锦字""回文"，也便都成了古典文学中不可磨灭的爱情意象。

清・恽寿平《瓯香馆写生册：桃花》

柒

陶潜

人人心中都有一个桃花源

半亩歌风阑云流井一枝千

草损春山

既香馆临宋人纨扇本

白云外史寿平

　　对于陶潜，也就是陶渊明，相信大家肯定都是不陌生的。我们向往他在《桃花源记》中描绘的那个世外桃源，更羡慕他"采菊东篱下，悠然见南山"的那份淡泊的心境，总觉得人要是都活成陶渊明那么洒脱了，这日子该有多惬意、多自在啊。然而，凡事都是说起来容易做起来难，这古往今来，还真没几个人真正活成了第二个陶渊明。

　　喜欢陶渊明的人，或是沉溺在故纸堆里，执着地追寻着那个莫须有的桃花源，或是沉醉在琥珀美酒里，依葫芦画瓢地采一捧墙脚边开得如火如荼的菊花，再无病呻吟一番，仿佛只要如此这般，便是得了陶渊明的真传衣钵，也成了一个潇洒高逸的隐士，其实不过是自欺欺人的作秀罢了。

　　陶渊明笔下鸡犬相闻的桃花源，不过是他虚拟出的一个理想世界罢了，桃花也好，武陵渔人也好，不知魏晋的秦朝遗民也好，都是他心之所系，心之所往。陶渊明当然知道，在现实世界里，根本就没有桃花源，但他依然坚信，只要心中永远珍藏着一份美好，哪怕整个世界坍塌了，桃花依然会灼灼地盛放。

重返桃花源

说到陶渊明的家世，就不得不提到他的祖上陶丹与陶侃。陶丹是陶渊明的高祖父，曾经担任过东吴的扬武将军，是个赫赫有名的人物，而他的曾祖父陶侃就更厉害了，因军功累官至荆州刺史、大司马，被封为长沙郡公，位极人臣，不可谓不贵，不可谓不显赫，但即便如此，在讲究门第的东晋一朝，战功赫赫的陶氏一族，却依然入不了士族的法眼，哪怕是陶侃本人，也都曾被温峤毫不留情地骂作"奚狗"。

《世说新语》记载，庾亮畏见陶侃，温峤劝他前去见陶侃的时候，居然说了一句："奚狗我所悉，卿但见之，必无忧也。"这里的"奚"就是指陶侃是有别于汉人的奚族人。尽管陶侃功勋卓著，但在世人眼里，他依然只是个出身于东吴旧地的寒门之子，有生之年，备受同僚的排挤与倾轧，久而久之，这个新晋的贵族之家便渐渐地显现出了颓败之势。

陶渊明的祖父陶茂，做过武昌太守。陶渊明的父亲陶逸也曾做过安城太守，只可惜在陶渊明八岁的时候，就撒手人寰了。可以说，尽管陶氏一族长期受到世家大族的轻视与不屑，但在东晋一朝仍旧是有影响力的。遗憾的是，由于父亲死得太早，陶渊明并没有吃到先祖留下的任何红利，早年的日子一直过得相当清苦。

陶渊明的母亲是名士孟嘉之女。孟嘉是东吴司空孟宗的曾孙，妥妥的名门之后。

然而，陶渊明的父亲去世后，家境便一落千丈，早已不可同往日相比。陶渊明曾在《五柳先生传》中生动细致地描写了父亲去世后家庭的困窘："环堵萧然，不蔽风日，短褐穿结，箪瓢屡空，晏如也。"

陶逸去世时，还留下了一个妾室。妾室生了一个女儿。陶渊明比妾室之女年长三岁，这个女孩长大后嫁到了武昌的程姓人家，尽管不是一母所生，但兄妹之情却非常深厚。多年后，妹妹去世时，他第一时间辞去彭泽县令的官职，前往武昌奔丧，并于途中写下了那篇流芳千古的《归去来兮辞》。

陶逸死后四年，妾室也跟着去世了，抚养两个孩子的责任，便都落到了孟氏一个人头上。在那样一个动荡的时代，一个女人勉力支撑着一个家庭，其中的艰辛自是不言而喻。

尽管幼年失怙，家境贫寒，但曾祖父陶侃奋勇拼搏的精神，和外祖父孟嘉高洁的节操，都给予陶渊明极大的鼓舞。在母亲孟氏的谆谆教诲与督促下，陶渊明自幼便博览群书，小小年纪便成了颇有名气的才子。

因为受到曾祖父和外祖父的双重影响，早期的陶渊明是想成为一个学以致用的经世之才的，但因为同时受到道家无为思想的影响，陶渊明对于当官一途又始终都抱持着一种若即若离的态度，既不积极夤缘求进，也不消极以对，活成了一个他人眼中的异类。

他渴望当官，渴望成为曾祖父、外祖父那样的国之栋梁，可他更向往乡野田间自由自在的生活，而这也就注定了他的前半生是矛盾和拧巴的。

20岁的时候，为了全家人的生计着想，陶渊明早早开启了自己的游宦生涯。但因为陶氏一族历来受到士族门阀的歧视与轻贱，在官场蹉跎沉浮了多年，他也没有等来建功立业的那天，始终都在下级官僚的位置上奔波忙碌，看不到任何的希望，更不知道自己的前途和出路在何处。

陶渊明陷入了深深的迷惘与沉思中。母亲年迈，作为陶家唯一的希望，他知道他没有自主选择的权利，更不能率性而为，因为辞官不仅意味着他不能在仕途上闯荡出一片天地，更意味着他将失去养活全家人的俸禄，所以他只能一边做着琐碎的工作，一边继续等待着生命的恩赐。

然而，等来等去，他终究没有等来他想要的机会，却等来了同僚们对他的各种无视与轻蔑。作为长沙郡公的曾孙，即便没有出生在高门士族，他身上流淌的依然是贵族的血液，又怎么受得了这种羞辱呢？思来想去，陶渊明最终还是做出了辞官的选择。

饮酒·其十

在昔曾远游，直至东海隅。

道路迥且长，风波阻中途。

此行谁使然？似为饥所驱。

倾身营一饱，少许便有余。

恐此非名计，息驾归闲居。

　　回到家乡的陶渊明，脸上出现了久违的笑容。他每天该吃饭的时候吃饭，该睡觉的时候睡觉，闲暇的时候酿酿酒，弹弹琴，写写诗，陪老母亲唠唠家长里短，就算是天上的神仙，也不见得会有他这般逍遥快活。

　　那段时间，他过着人生中最为惬意的田园牧歌生活，世间所有的浮躁与荣辱，都被他关在了心门之外。哪怕外面的世界并不太平，战争频仍，他的心却仍是静谧的、宁和的。

　　他在房前屋后种上了柳树，种上了桃花，他在篱笆墙外种上了菊花。他不要成为日月山川的主人，也不要成为江河大地的主人，他只想沉醉在造物主赐给他的这一片空旷的天地里，和花草树木一起释放出骨子里的天性，活成最真实的自己。

　　一切顺其自然就好。唯有知足，才能常乐，想耕地了，扛上锄头下田便是；想吃饭了，系上围裙上锅便是；想写诗了，坐在案前掏出纸笔便是。生活中哪有那么多的思来想去啊？

　　桃花源是他的梦，也是他最本真的渴望与向往。他沉醉在自己笔下的世外桃源里，尽情地撒欢，尽情地呼唤，尽情地高歌，尽情地舞蹈，把他在尘世中没有办法做到的事，都一股脑儿地做了个遍，然后，心无杂念地拍拍落在身上的花朵，了无牵挂地走回了柴桑。从此，他周遭的世界，无论是日月星辰，还是山川河流，抑或是花草树木，便都披上了桃花源的逍遥与自在。而他，也跟着桃花源中那些"不知有汉，无论魏晋"的世外之人一起，过上了从容、宁静的生活。

归去来兮

由于童年生活一直处于动荡不安之中，陶渊明很小的时候，便深切体会到了民间的疾苦，所以，他比一般的官宦子弟要成熟得多，对社稷安危产生了深深的忧虑。在这个浮躁的世界里，他已经学会了用一颗超然于物外的心，去仰望理想，俯视命运，深情却不执着地热爱着所有悲欢离合。

陶渊明知道，在人生这场茫然的旅途中，幸与不幸，欢笑与悲伤，喜悦与痛苦，都不过是心境的折射。只有心静了，才能不被这世间的喧嚣与动荡影响，活出自己的幸福和光彩。

对陶渊明来说，归隐山林，并不是一种政治作秀，也不是向世人彰显他的与众不同，而是跟随心的脚步，去做自己真正想做的事，活出人生应有的高度与厚度。

隐逸，并不代表终日消极沉湎于安逸的生活，更不是冷酷无情，对什么都无所谓也漠不关心，而是以一颗出世的心，冷静从容地面对世间所有的境遇，无论困顿还是振发，贫穷还是富裕，都能做到淡泊以应，不悲，不喜，不怨，不嗔，不急，不悔。

因为受到儒家思想和曾祖父、外祖父的影响，尽管已经归隐田园，但治国平天下的愿望，依然是青年时期的陶渊明的最大理想。所以在他29岁那年，几经思量后，他终于还是决定走出田园，再度出仕，要让百姓过上温饱安稳的生活。

晋孝武帝太元十八年（公元393年），陶渊明带着满心的抱负来到江州，成为江州刺史幕下的祭酒。官职依然不高，但他却对自己的前途与未来充满了信心，因为他投奔的江州刺史不是别人，而是在朝野中有着很高声望的书圣王羲之的次子王凝之。

王凝之的出身让陶渊明望尘莫及。他的父亲王羲之出自琅琊王氏，是东晋一朝最有威望的门阀士族之一；他的母亲郗璿是太宰郗鉴之女；他的妻子是太傅谢安的亲侄女，也就是那个在历史上留下"咏絮"才名的谢道韫；他的弟弟王献之不仅是名震天下的书法家，还是皇帝的姐夫。这样的身世背景，哪一样是出身寒门的陶渊明比拟得了的？

陶渊明正是冲着他如日中天的名望，才愿意再度出仕的。一开始，陶渊明对王凝之是寄予了希望与期盼的，可等相处久了，他才发现，原来王凝之只是一个庸碌迂腐之辈，不但没有王献之的那份旷世才情，甚至在待人接物上都充满了市侩的做派，只一味重用门阀子弟，对他这样的寒门之子则采取了放之任之的态度，使得他一身的才华毫无用武之地，满腔的抱负更是无法施展。

陶渊明对王凝之彻底失望了。他以为像王凝之这样的人物，必是志存高远的开明进步人士，在为人处事上一定不会拘泥于古法，更不会让他埋没于各种繁冗的杂事中。遗憾的是，事与愿违，这位出身望族的上司，和东晋皇朝的统治阶层一样尸位素餐，终日里只知道墨守成规、醉生梦死，根本就没有把选贤任能放在心上，所以他唯一能做的，便是走人，继续回归田园做他的种田翁。

王凝之对陶渊明的漠视，让陶渊明很是受伤，也让他彻底认清了什么叫作"上品无寒门，下品无士族"。朝廷选官的九品中正制，早就成了门阀士族扩张势力的工具，他陶渊明一个出身寒门的孤儿，又凭什么能得到那些达官显贵的青睐呢？

陶渊明辞去江州祭酒的职位没多久，王凝之兴许是意识到他的确是个人才，便又主动向他抛去了橄榄枝，请他出山当自己的主簿，但陶渊明却婉言谢绝了。在陶渊明看来，王凝之虽然不是什么坏人，也谈不上大奸大恶之辈，顶多算个庸人，但往往这样的庸人，才会给百姓带去无穷的祸患与灾难，所以，当看清局势与事实真相后，他就果断与之划清界限。

事实证明，陶渊明的判断没有错。公元399年，叛军孙恩领兵攻打会稽之际，身为会稽内史的王凝之非但没有做任何防备，反而听信术士之言，不仅迎请天兵助阵，更坚信不会有人要他的性命，结果被叛贼一刀毙命。试想，如果陶渊明一直追随这样的上司，他的结局又会如何？可想而知，陶渊明是有先见之明的，尽管他曾写下"少时壮且厉，抚剑独行游"的豪言壮语，也具备强烈的救世之心，但他却从不攀附达官显贵，亦不盲从，而这也就是他之所以成为陶渊明的原因之一。

再次回归田园的陶渊明，在母亲和妻子殷切期盼的目光下，一口气写下了六首《劝农诗》。或许是为了向母亲和妻子表明自己不再出仕的决心，或许是为了说服自己不要再心生他志，总之，这一次，陶渊明是真真切切地想要老死乡野，一辈子都做个田舍翁了。

秋风送爽的季节里，无牵无挂的陶渊明静静坐在庐山脚下的茅屋里，像往常一样，如痴如醉地弹起了他心爱的古琴，门外则是遍染夕照的金色柳丝、随风飘舞的菊花，还有远处一望无际的田地与山川。此刻的陶渊明就像上古先民一样，心无杂念，没有一丝一毫的烦恼，他眼里望见的都是明媚与清芬，心里感受到的更是一份无与伦比的岁月静好。

他在《五柳先生传》中说："先生不知何许人也，亦不详其姓字，宅边有五柳树，因以为号焉。闲静少言，不慕荣利。好读书，不求甚解；每有会意，便欣然忘食。性嗜酒，家贫不能常得。亲旧知其如此，或置酒而招之。造饮辄尽，期在必醉；既醉而退，曾不吝情去留。"

他都活到忘记自己是谁的境界了，哪里还会贪图世间的荣华富贵呢？他不仅忘了自己是谁，也不知道自己是哪里人，唯一知悉的，就是门前栽种的五株柳树。名门望族也好，寒门庶子也好，都跟他有什么关系呢？

从今往后，就都叫他五柳先生吧！这个名字，与大自然紧密相扣，充满了活力与生机，清新又古朴，他倒是真的喜欢得紧。以后的以后，就不要再在他面前提什么陶氏一族的后人了，他不过就是芸芸众生中的一朵白云、一片树叶罢了，又何必用那些世俗的门第出身来禁锢他自由的身心呢？

他喜欢读书，却从来都不在一字一句的解释上过分深究，每当对书中的内容有所领悟，就会高兴得连饭都忘了吃。他生性嗜酒，却又因为家贫经常喝不上酒，亲戚朋友知道他窘迫的境况后，常常摆了酒席叫他去喝，他每次去都会喝个一醉方休，尽兴而归。

这就是归隐田园后的陶渊明，一个率真而又可爱的隐士。这个时候的陶渊明，心是澄澈的，即便日子过得窘迫，他依然活得逍遥而快乐。母亲和妻子一如既往地支持着他，对于他的选择，从来没有一星半点的怨言。他一边喝酒，一边作诗，一边耘田，一边赏花，陶渊明认为自己过的是神仙日子，却没想到在这个时候，他的妻子竟因为难产去世，与他天人永隔了。

妻子的去世，无疑是一记晴天霹雳。如果他不是那么贫穷，妻子和孩子是不是就不会死了？离开了官场，失去了俸禄，他自己倒是轻松快活了，可老母妻儿却得跟着他一起过苦日子，是不是有些得不偿失呢？

陶渊明直到这个时候才开始意识到，他先前所做的决定，根本不是什么追寻理想化的生活，而是自私的一种体现，是逃避他对这个世界的无能为力，也是在掩盖他的无能与无助。身为人子，他不能让母亲过上养尊处优的生活；身为人夫，他不能让妻子过上安逸幸福的日子。即便他自己逍遥自在了，又有什么意义呢？

妻子的死，对陶渊明的触动非常大。那段日子，他过得特别消沉，若不是母亲孟氏时常开导他，想必他很难走出痛苦的折磨与煎熬。原来，这世间的事，并不是说丢开就能丢开的，连生死都还没有彻底看透，又拿什么去奢谈出世与无为而活呢？

之后，陶渊明在母亲的安排下娶了第二任妻子。这个女人和他的结发之妻一样，没能在史书上留下姓名和生平，我们唯一知道的就是她给陶渊明生了四个儿子，遗憾的是，她也没能和陶渊明白首偕老，早早地就因病去世了。再后来，陶渊明又娶了第三任妻子翟氏，生活才算相对安定了下来。

萧统在《陶渊明传》中，还记载了一个故事。某天，陶渊明想把田地里都种上可以酿酒的高粱，还不无得意地向妻子夸耀说，这下他便可以尽情地陶醉在美酒中了，但翟氏坚持要种稻子，最后的结果便是，陶渊明和翟氏各自退让一步，一半种上高粱，一半种上稻子。由此可见，翟氏是一个能持家的好妻子。

翟氏是一个理家的能手，陶渊明娶了她后，家中虽然依旧清贫，但她还是把家事打点得井井有条，不仅把孟氏奉养得很好，几个孩子也都被照料得特别周到，赢得了附近乡邻的交口称赞。

婚后不久，翟氏便给陶渊明生下了第五子。孩子们渐渐地长大了，母亲年事已高，靠自己耕田种地，根本就养不活这么一大家子人。眼看着生活难以为继，一心想要做个世外高人的陶渊明，也不得不为五斗米折腰。晋安帝隆安二年（公元398年），他再一次出山，到江州刺史幕下当参军去了。

其时的江州刺史是桓玄。桓玄是大司马桓温最宠爱的小儿子，要风得风，要雨得雨，而且机智过人，有勇有谋，比之王凝之强了千百倍。投奔桓玄前，陶渊明是经过深思熟虑的，且不论他们儿时的交情，只论桓玄这些年在军事上取得的赫赫功绩，跟着他走也是没有错的。他便铁定了心留在了江州，给桓玄当起了幕僚。

在桓玄的幕府里，陶渊明一干就是四年。士为知己者死，尽管这四年来，陶渊明一直都只是个参军，但他却干得非常有劲，对未来也充满了信心。在他眼里，桓玄是个难得一见的人才，这也让他坚信，跟在桓玄身后做事，他迟早能够一展政治抱负，让那些流离失所的老百姓过上安居乐业的生活。

遗憾的是，桓玄并不是一个值得他信赖的人。当他快鞭策马奔跑在驿站上为桓玄送信请兵的时候，他发现了桓玄最大的秘密——他想要废黜皇帝，谋朝篡位。陶渊明怎么也没想到，被他认作英雄豪杰的桓玄，居然是个怀有狼子野心的奸臣。他整个人都蒙了。

公元401年，孟氏因病去世，37岁的陶渊明以母丧为由，离开了桓玄，彻底与之划清了界限。为母丁忧的三年，他摒弃了所有的烦恼，终日不是领着孩子们读书、做游戏，便是和妻子一起荷锄田下，依旧过着他理想中自给自足的生活，无忧无虑，无拘无束。

人生若此，夫复何求？有懂他、爱他的妻子陪着他，有稚气未脱的孩子们伴着他，有漫山遍野的花草树木、清溪流泉终日围绕着他，他真的已经很满足很满足了，那份建功立业的心事，就让它随风飘散去吧！

然而，日子还是要过下去的。三年丁忧期满，陶渊明便怀着"四十无闻，斯不足畏"的观念再度出仕，出任镇军将军刘裕的参军。此时的他，心情是相当矛盾、相当复杂的，一方面，蛰伏已久的他，非常渴望利用这次机会一展宏图；另一方面，他又不停地眷念着家乡的田园生活，总想着与自然抵近，过一种无为的清静生活，只可惜这样的生活，他似乎也只能到文字里找寻了。

在刘裕身边没待多久，他便发现对方也是一个大枭雄，甚至比之桓玄，还要有过之而无不及。才出虎穴，又入狼窝，41岁的陶渊明既羞愧又自责，他在晋安帝义熙元年（公元405年）一走了之，投身到建威将军刘敬宣麾下，依然干起了参军的老本行。

谁能想到，一向以忠孝闻名的刘敬宣，竟然与一心想要篡位自立的刘裕交好，所以，在建威将军麾下没干多久，陶渊明便又借故请辞了。接二连三地出仕，又接二连三地请辞，陶渊明自己都觉得疲乏了，甚至不明白这些年来，他到底是为了什么忙碌奔波。为了理想？为了抱负？可在这浑浊如同污水的官场中，他的理想和抱负，又哪里有实现的机会呢？

一次次的尝试，换来的却是一次又一次的失望。他不知道究竟是自己错了，还是这个世道错了，抑或是通通都错了。他叹息着扪心自问，在出仕和归隐这两条路上，自己到底该何去何从？是追随理想去创造机会建功立业，还是跟从本心去过一种优哉游哉的生活，着实让他难以取舍，颇费思量。

踌躇来踌躇去，为生计所迫的陶渊明，最终还是不得不再次走上了出仕做官的路。家里实在是太贫困了，孩子又多，个个都在长身体的时候，光凭他和翟氏两双手，怎么可能养活这么一大家子人呢？做官，做官，唯一的出路就是做官。在叔父的举荐下，没有任何谋生技能的他，立即收拾好行囊赶赴离家不算太远的彭泽县，去给彭泽的老百姓当县令父母官了。

县令的官职依然低微，但总算是一县之长，整个彭泽县的官员和老百姓，都得听他陶渊明一个人的，所以他倒也欣然接受。谁也没有想到，这居然会是陶渊明的最后一次出仕，从义熙元年八月起，到义熙元年十一月止，前后加起来不过八十余天，一开始还壮志凌云的他，转念间便即偃旗息鼓，准备挂印而归了。

事情的起因，是那个从小与他相依为命的，嫁到武昌程家的庶妹，突然得了一场急病去世了，悲痛莫名的陶渊明本打算前往武昌吊丧，没料到上级郡守竟然在这个时候派督邮刘云前来督察他的工作，与他发生了严重的龃龉，并最终促使他衍生了强烈的归意。

督察工作倒也罢了，偏生这个官阶还没有陶渊明高的督邮刘云，居然仗着有郡守给他撑腰，还没到彭泽县，就派人给陶渊明捎了口信，让他穿戴整齐去城外接他，竭尽狐假虎威之能。陶渊明接到消息后，忍不住暗自思忖，好歹他也是堂堂一县的父母官，竟然让他去巴结奉承一个职级卑微的督邮，实在有伤读书人的面子。于是乎，他便跟刘云玩起了猫捉老鼠的游戏，不仅不肯穿戴整齐去城外迎候对方，反而还装作一副若无其事的样子，压根就没把对方的话当作一回事。

刘云毕竟是郡守跟前的红人，尽管职位低下，但整个浔阳郡的县令，就没有一个不把他放在眼里的，而今在陶渊明的彭泽县碰了一鼻子灰，丢尽了面子，他哪里咽得下这口气？索性一甩袖子，径自带着一帮随从，堂而皇之地闯入彭泽县县衙大堂，当着众人的面，毫无来由地把陶渊明狠狠指斥了一通，事后还暗示他要打点孝敬自己，否则这彭泽县的县令就等着换人来做云云，如此这般，不一而足。

陶渊明何曾受过这样的窝囊气？想他好说歹说，也是功勋之臣的后裔，即便在王凝之、桓玄、刘裕、刘敬宣等当朝赫赫有名的人物手下当幕僚，大家也都对他礼敬有加，这个叫作刘云的督邮算哪根葱，居然像教训自家孩子一样地训斥他？让他贿赂他？别说他两袖清风，没有一个余钱用来应酬闲杂人等，就算他这会儿富可敌国了，也决不会殷勤奉承这样的小人！国家大事就是被刘云这样的小人搞坏的，朝廷和各路达官显贵，却偏偏把这些奸佞之辈当作亲信，长此以往，这个国家还好得了吗？

　　督邮刘云的事，让陶渊明开始重新审视起自己的理想与追求。他之所以归隐又几度出仕，无非是出于两个原因：第一，为了养活老婆孩子；第二，期盼有朝一日，能够像曾祖父陶侃那样，建立万世不朽之功勋。可而今看来，朝堂之上，到处都充斥着各种各样的小人，他的政治抱负恐怕永远也不会有机会实现了，既如此，还不如及早抽身而去，也省得他日后为之懊悔苦恼。

　　"吾不能为五斗米折腰，拳拳事乡里小人耶！"陶渊明在历史上留下这句话后，便彻底与官场分道扬镳，走上了一条纯粹的归隐之路。这一年，他41岁，自那往后，世上便少了一个建功立业的功勋之臣，多了一个归隐林下的田园诗人。但从此之后，"陶渊明"这三个字，便成了无数人心中的传奇。

　　当然，他并没有像传说中的那样潇洒落拓，在受了督邮的气后，当晚就脱去了官服，解下了官印，立马辞官返乡，而是等到公田里的庄稼成熟了后，才带着口粮一起归家。所以，"不为五斗米折腰"，终不过只是陶渊明理想中的人生化境。事实上，他仍旧逃脱不了现实的禁锢与局限，即便是辞官，也还是活成了带着口粮归家的芸芸众生。

　　在解印归隐的过程中，陶渊明并不似我们想象中的那么决绝，而是充满了犹豫与矛盾，不过这并不意味着他是个首鼠两端的小人，相反，这更能说明陶渊明是一个真实的、有血有肉的铮铮男儿。他有老婆孩子要养，他要保证家人生活无虞，所以他不可能做到那么潇洒，也不可能走得那么痛快。不过，这些都算不了什么，我们要看的毕竟还是最终的结果不是吗？

　　终究，他还是不想为了一口吃的，继续在官场中应酬周旋，更不想违背自己的意愿，一味地巴结逢迎那些误国误民的宵小之辈，等公田里的庄稼成熟后，他带上口粮，背上行囊，乘着轻舟回乡去了。当然，他这次辞官也不完全是因为督邮的事，更重要的是他一直惦念着死在远方的庶妹，想要尽早挂官归去，好让他心无旁骛地直奔武昌，去给那个苦命早逝的妹妹奔丧。

　　在回家的路上，陶渊明写下了千古名篇《归去来兮辞》。"归去来兮，田园将芜胡不归？既自以心为形役，奚惆怅而独悲？悟已往之不谏，知来者之可追。实迷途其未远，觉今是而昨非。舟遥遥以轻飏，风飘飘而吹衣。问征夫以前路，恨晨光之熹微……"回家吧，回家吧，家中的田园都快要荒芜了，此时不归，更待何时？他迫不及待地坐上了归乡的小船，一颗心早已飞回了门前的五株柳树下，还有远山那片开得茂盛葳蕤的桃林。

　　船行水上，清风吹衣，他一面眺望着远处的家乡，一面感叹天亮得太慢，以至于延误了赶路。终于，他风尘仆仆地回到了那个让他思念了许久的家，在门口迎候他的，不仅有穿着整齐的家僮，还有娇妻翟氏。翟氏早就给他准备好了丰盛的酒菜，孩子们都环绕着他叽叽喳喳地说个不停，根本不容他有片刻的思忖。放眼望去，院里的树木早已成荫，松树和菊花都还是当初的模样，怎一个妙趣横生可以形容得尽？

　　这才是他真正想过的生活啊！阡陌交通，鸡犬相闻，芳草鲜美，落英缤纷，世间所有的美好，都是他唾手可得的，夫复何求？

我醉欲眠卿可去

二十余年的游宦生涯，让陶渊明看清了世道，也看清了自己的内心。唯有明心见性，才能实现更高层次的人生，亦唯有把心彻彻底底地置于山水田园中，方能摒弃浮躁和所有不切实际的幻想，在艰难困苦中突出重围，为自己找到一条开满鲜花的光明之路。

陶渊明回首往事，不再执着于建功立业，不再执着于功名利禄，而是彻底放下了身段，与世无争，做一只闲云野鹤。

可以说，也就是从这年起，陶渊明彻底脱胎换骨了。他不再是人人艳羡追捧的官僚阶层，取而代之的则是静以修身的隐士。没有俸禄，没有闲钱，还要亲自下田劳作，日子过得非常清苦，但他却始终乐在其中，一点都不觉得苦，反而认为这才是人生真正的好滋味。

归田园居五首

少无适俗韵，性本爱丘山。
误落尘网中，一去三十年。
羁鸟恋旧林，池鱼思故渊。
开荒南野际，守拙归园田。
方宅十余亩，草屋八九间。
榆柳荫后檐，桃李罗堂前。
暖暖远人村，依依墟里烟。
狗吠深巷中，鸡鸣桑树颠。

户庭无尘杂，虚室有余闲。
久在樊笼里，复得返自然。

野外罕人事，穷巷寡轮鞅。
白日掩荆扉，虚室绝尘想。
时复墟曲中，披草共来往。
相见无杂言，但道桑麻长。
桑麻日已长，我土日已广。
常恐霜霰至，零落同草莽。

种豆南山下，草盛豆苗稀。
晨兴理荒秽，带月荷锄归。
道狭草木长，夕露沾我衣。
衣沾不足惜，但使愿无违。

久去山泽游，浪莽林野娱。
试携子侄辈，披榛步荒墟。
徘徊丘垄间，依依昔人居。
井灶有遗处，桑竹残朽株。
借问采薪者，此人皆焉如？
薪者向我言，死没无复余。
一世异朝市，此语真不虚。
人生似幻化，终当归空无。

怅恨独策还，崎岖历榛曲。

山涧清且浅，可以濯吾足。

漉我新熟酒。只鸡招近局。

日入室中暗，荆薪代明烛。

欢来苦夕短，已复至天旭。

　　他一口气写下了五首《归田园居》，来表达他回归田园后的喜悦与欢欣。尽管归隐林下的生活并不富裕，家中只有十余亩地和几间草屋，每天都要穿着粗布衣衫去耕种，但他内心渗透出的那份惬意与快乐，却是发自肺腑的。

　　一大早，他便孤身一人出门下地，直到傍晚时分才拖着一身的疲惫，倦怠而归。可饶是这样，他在南山种下的豆子，等出了芽后，那豆苗却是稀疏得厉害，一眨眼的工夫，就被周边疯长的野草给彻底淹没了。不过有什么关系呢？不会可以学，都说熟能生巧，他一个大活人还能被野草憋死吗？无非就是要比别人勤快些、辛苦些。陶渊明没什么好怕的，既然已经决定要归隐田园，那首先就得学会如何做一个田舍翁，如何让田地里长出更多更好的庄稼来，他遇到不懂的，就虚心向老农请教。

　　常年不事农桑的陶渊明，时常因为田地的收成不好而饿肚子。亲戚朋友看到他这个境况，也忍不住当着他的面发出了惋惜的叹息，一遍遍喊着他的字说，元亮啊元亮，你真的打算就这样度过一生吗？

　　就这么度过一生有什么不好的？地没种好，确实是他的问题，但凡事不总得有个开始嘛！放心吧，只要自己再努把力，加劲干，地里的收成，肯定会一年更比一年好。他笑容可掬地拍着胸脯信誓旦旦地保证。

　　陶渊明是这么想的，也是这么做的。农忙的时候，他每天都扛着锄头在田里耕作；农闲的时候，他就坐在门前的柳树下酿自己喝的酒，日子虽然过得清贫，但快乐却是真切而实在的。苦一点算得了什么呢？大多数百姓不都是这么将将就就着度过一生的嘛，而今的他有吃有穿，还有多余的粮食可以用来酿酒，更不用操心政务，这样的日子，不是比神仙还要逍遥快活吗？

　　归隐田园的陶渊明，生就了一副温雅的心肠，他早就习惯了在花开花落的日子里自斟自饮，习惯了在缥缈的琴声中，用一支旷古高远的曲子来慰藉孤单。这有什么呢？贫困也好，孤独也好，只要内心平静，精神丰足，有什么沟沟坎坎是过不去的呢？对于自己的选择，他一点也不后悔，甚至欢喜无限地写下了二十首《饮酒》诗，以此来表达他内心的喜悦与恬淡之情。

饮酒其五

结庐在人境，而无车马喧。
问君何能尔，心远地自偏。
采菊东篱下，悠然见南山。
山气日夕佳，飞鸟相与还。
此中有真意，欲辨已忘言。

　　这是陶渊明理想中的生活，也是他从青少年时期就一直向往的生活。心静了，一切也就都跟着彻底安静了下来，每天喝

黃菊東籬已著花酥餘

拔林愁山一水怡情寰是

南山色秋柳西風夕照斜

先生醉矣菊已著花饗英者誰正

無事白衣送酒也

● 清·石涛《渊明诗意图·悠然见南山》

喝酒，种种地，望一眼远处的南山，采一捧东篱下的菊花，端的是过着神仙一样的逍遥日子，夫复何求？

此时此刻，他的内心是平静的，精神是自由的，喜悦与欢欣也都是由内而外，一点一滴地渗透出的。当然，他也没有忘了要教育好孩子们，再忙也会抽出时间辅导他们的学业，不仅教他们如何做一个快乐的人，一个精神富有的人，而且教他们要倍加珍惜时间，要用心去爱这世间所有的人。

杂诗其一

人生无根蒂，飘如陌上尘。

分散逐风转，此已非常身。

落地为兄弟，何必骨肉亲！

得欢当作乐，斗酒聚比邻。

盛年不重来，一日难再晨。

及时当勉励，岁月不待人。

义熙四年（公元408年）夏秋之交，一场突如其来的大火烧光了陶渊明的家，让他原本清贫的生活变得更加困顿，几乎到了山穷水尽的地步。

这一年，陶渊明已经44岁了。面对毁坏的宅院，他没有悲伤，也没有表现出痛苦，他领着妻儿暂时住到了河上的船屋里。那些日子里，他将随遇而安的心态发挥到了极致，一边教孩子们要勤奋刻苦地学习，一边领着孩子们下水嬉戏，眉间眼角看不到一丝一毫的忧愁烦恼。有的时候，他会和妻子一起划着船到荷间采藕，但更多的时候，他总会安静地独坐在船头抚琴浅唱。那张琴本是跟随了他多年的七弦古琴，却可惜在火灾发生的时候被烧断了琴弦，变成了一张无弦琴。他也没想着要去给它添上新弦，每逢雅兴来临的时候，便会伸出十指，缓缓在无弦的琴上抚过，任由那悠扬悦耳的琴声，在他心底一次又一次地默默流淌。

没有琴弦又如何呢？只要心中有弦，他便能在无弦的琴上，弹奏出世间最动听的音乐。心静了，自然就会衍生出大智慧，这个世界根本就不需要太多的身外之物，一切都随遇而安便好，又何必执着于有或无呢？

后来，在妻子翟氏的坚持下，陶渊明回到了柴桑故居。他将烧毁的祖屋修葺一新，重新过上了日出而作日入而息的田舍翁生活。门前依旧栽上了五株柳树，东篱下依旧种满了菊花，高粱酿的美酒香气四溢，一开门便能看到远处峰峦叠嶂的南山，看到他心心念念的世外桃源。唯有那张无弦琴，却还是当初烧坏的模样，每逢有朋友应邀前来饮酒聚会之际，他照例要伸出双手轻轻抚弄一番，借以表达心中的意趣。

他依旧过着桃花源般的精神生活，春看百花，夏沐凉风，秋赏明月，冬戏飞雪，就着一份从容，一份淡定，满满地饮下他亲自酿下的美酒，一杯接着一杯，一盏接着一盏。天地山川可以得到永恒的生命，而人却无法做到长生不老，所以只要碰上了美酒，就千万不能错过，一定要敞开肚子喝他个一醉方休。

一个老妻，几壶老酒；一座青山，几丛秋菊；一条清溪，几间茅屋；一片桃林，几亩良田，便是他生命的全部。要那么多外在的物质做什么呢？人事变幻，沧海桑田，他只需要守住一份淡泊的心境即可，又拿什么去装下天地山水之外的荣辱得失呢？

偶尔有客人来拜访他，无论是出身高贵还是低贱，只要家中有酒，他便会不管不顾地拉着对方陪他一起喝酒。若他先于客人醉了，就会若无其事地望着客人说："我醉了，想睡上一觉，你要是喝够了，就先走吧。"

归隐田园的陶渊明，真正活出了率真的况味，他不伪饰，不矫情，一切都本真自然。有一次，郡守来看他，他酿的酒正好熟了，便顺手取下头上的葛巾漉酒，等漉完酒之后，又将葛巾戴在头上，然后不慌不忙地出来招呼郡守，仿佛什么事都没发生过一样。

尽管陶渊明一直都只想在乡野里过自己的小日子，但他的声名越来越显，前来邀约他再度入仕的官员不少。然而，他都婉言拒绝了。义熙十一年（公元415年），陶渊明已经51岁了，朝廷下旨诏征他为著作佐郎，但他依然称病没有应征。

义熙十四年（公元418年），王弘出任江州刺史，时常前往柴桑拜访陶渊明，并与之结下了深厚的友谊。王弘出自琅琊王氏，是真正的名门望族，尽管他比陶渊明整整小了14岁，但这并不妨碍他们成为一对志趣相投的忘年之交。

王弘与陶渊明的交往是纯粹而又没有任何目的性的，他知道陶渊明志在山水之间，所以在与之交往的过程中，从不曾在他面前提过要请他出山，所以陶渊明也是真心佩服他、敬仰他的，更不曾把他当作士大夫来对待，而是将之看成了自己的小兄弟，有什么好事都乐得与他分享。

当然，王弘对这个老大哥也是好得没话说。陶渊明没有鞋子穿，他便吩咐手下人帮陶渊明做鞋子。手下人向他请教陶渊明脚码的大小，他便直接差人去柴桑为陶渊明量尺码，陶渊明倒也不见外，大大方方地坐下来伸出脚让他们测量，而这也就是流传了近两千年的"量革履"的故事。

　　昭明太子萧统在《陶渊明传》里，还记载了陶渊明与王弘交往的另一个故事。重阳登高之日，陶渊明苦于没钱买酒，只好坐在东篱下的菊花丛中，一边赏花，一边抚着无弦琴高歌一曲。蓦然间，远远地看见一位白衣少年翩跹而至，等那少年走近了，才知道他是受王弘之托，给他送酒来了。有酒，有花，有山，有梦，独坐花丛中的陶渊明简直高兴坏了，当即打开酒坛小酌一番，直到喝到月上三竿，酩酊大醉，便和衣躺倒在花荫下，美美地睡了一觉。

　　篱笆，菊花，美酒，明月，无弦琴，白衣少年。世间所有的美好，都于一瞬间聚到了一起，陶渊明自是意兴风发，好不逍遥。绮丽浪漫的"白衣送酒"，不仅让陶渊明洗尽了心灵的尘垢，更叩醒了后世无数困顿的心灵，救赎了一个又一个曾经惶恐而又彷徨的灵魂。

　　酒，总有喝完的时候；泪，总有风干的时候。不管外面的世界如何演变，陶渊明依然安之若素地活在自己的世界里。元熙二年（公元420年），宋王刘裕自立为帝，定国号宋，是为宋武帝。至此，东晋灭亡，南朝宋出现在了世人面前。

　　这一年，陶渊明已经56岁了，尽管他没有想到先祖保护过的国家会这么快改弦更张，但也没有表现出更多的悲愤与惆怅。这个世界已然这样了，那就顺其自然吧，而他也只需要守住自己那颗安静宁和的心便好。

元嘉元年（公元424年），当时的文坛领袖颜延之出任始安太守，在路经浔阳时，特地前往柴桑拜访了好友陶渊明。在临别之际，颜延之给陶渊明留下了二万钱，以备不时之需。其时，陶渊明因为年纪渐渐大了，已经很少亲自酿酒了，他便把这些钱全部送到酒家先存放着，等他想喝酒的时候再来取用。洒脱如此，世上也真是再难找到与他相像的第二个人了。

三年后，仰慕陶渊明已久的征南大将军檀道济，也效仿颜延之的举动，特地前往柴桑拜访他，不仅赠以食物，还苦口婆心地劝他出仕。兴许是不喜欢檀道济为人的缘故，陶渊明一口便拒绝了他的请求，就连对方所赠的食物也都退了回去。道不同不相为谋，他岂能为了一点财物，就丧失了自己应有的节气？

同年深秋，陶渊明因病卒于浔阳家中。在生命的最后时刻，早已将生死看淡的他，追忆平生过往，不悲不喜，心静如水地为自己写下了一篇《自祭文》，与时光挥手作别，与这个他曾经深深爱过的世界做着最好的诀别，无怨无悔，无欲无求。

"不封不树，日月遂过"，弥留之际，陶渊明一再叮嘱几个儿子，自己死后，不起高坟，不求祭拜，唯愿长归尘土，心神随日月而散。俱往矣，一切的一切都归于永恒的寂静，他就这样悄然离开了这个世界，带着他所有的深爱，还有满腔的热忱，即使死了，依然心性澄明安然。

作为隐逸诗人之宗，中国士大夫的精神归宿，他的精神化作了永远不灭的星光，他的思想化作了永远不老的松柏，于亘古的寂静中，散发出源源不断的力量。1600年来，安于山水、乐于诗酒的陶渊明，活成了所有人的榜样，更在无数文人墨客的心中封神，渐渐升华为他们的精神图腾。

生于乱世，几度为官，却始终心恋林泉，托意飞鸟，尽管没能大富大贵、建功立业，但陶渊明依然活出了自己乃至世人最为向往的模样。他从不曾被名闻利养束缚，也不曾被这个污淖的世界浸染，永远都活在他春光明媚的桃花源里。

● 明·文征明《吴中胜概图》（局部）

唐寅

万事坎坷意难平

　　记得我还没上幼儿园的时候，父母抱着我去镇上的剧院，看过一部叫作《三笑》的电影，从那会儿起，我便记住了剧里的唐伯虎。

　　关于唐伯虎的影视剧还有很多，我也都有一搭没一搭地看过一些，但能给我留下深刻印象的艺术作品也着实为数不多。可即便如此，唐伯虎这个人物形象还是深深地在我心里扎下了根，总觉得不把他从故纸堆里请出来仔细观摩一番，便对不起这位大文豪的名号，更对不起江南水乡赋予我的一点点情思。

　　说实在的，唐伯虎在我的印象里，一直都仿似披着一层轻纱，影影绰绰，甚或还带着一些些的神秘，总之，就是让人看不清、猜不透，只要一提起他的名字，或想起与之相关的事迹，便会产生一种雾里看花般不真切的感觉来。我猜，这一切，或许跟唐伯虎极富传奇性而又命运多舛的人生相关，放眼历史，又有哪个流芳千古的才子遭遇过他那样的坎坷呢？

桃李无言，春在江南

唐伯虎出生在明宪宗成化六年（公元1470年），因为那年是庚寅年，所以父亲给他起名为唐寅，又因为属相为虎，便用"伯虎"做了他的字——但朋友们更习惯称呼他另一个字"子畏"。终其一生，他都没有想过，"伯虎"这个自己生前并不常用的字，会在自己死后广为人知。

唐寅出生在苏州阊门内的吴趋里，那可是苏州城最为繁华富庶的地段。苏州城婉约旖旎的山水，赋予了唐寅一颗锦绣诗心；阊门繁荣的市井景象，更赋予了唐寅一身的富贵气象。尽管身为商贾之子，但唐寅从来都没觉得自己低人一等，相反，他对于自己出生在这样的家庭感到非常怡然自得，对身为商人的父亲唐广德更是佩服得五体投地。

唐广德继承祖业，在皋桥一带开了一家酒馆。在唐广德的操持下，酒馆的生意蒸蒸日上，因为手里有了钱，社会地位也就随之水涨船高，苏州城里的达官贵人和文人名士，也都愿意与之结交。在与这些人交往的过程中，唐广德慢慢发现，少了读书人的身份，没有功名加持，无论积攒了多少钱财，仍然是会被人轻视怠慢的。所以，他暗暗下决心，一定要让自家的孩子去读书，考取功名，替唐家光宗耀祖。

唐广德和妻子丘氏育有两子一女，除了长子唐寅和次子唐申，还有一个娇俏可爱的女儿。唐广德便把出人头地的希望寄托到了唐寅身上。幸运的是，唐寅是个读书的好苗子，小小年纪诗词文赋无一不能，琴棋书画无一不精，而且有着过目不忘的本领，什么东西都一学就会。

16岁的时候，唐寅参加苏州府试，以第一名的优异成绩被府学录取为生员，进入府学读书。府学录取生员，通常都是百里挑一，能够以第一名的好成绩选入府学，证明了唐寅的实力。

儿子考上府学，老子也跟着风光，顺带着把自家酒馆的人气也带动了起来，这对唐广德来讲，简直就是一箭三雕的大喜事。那段日子，他忙得不可开交，可心里比吃了蜜还甜。万般皆下品，唯有读书高，只要儿子好好读书，还怕将来不能考个举人、进士出来？

为了达到这个目的，唐广德不惜广撒钱财，延请各路名师指导唐寅，这其中就包括当世泰斗级别的画家周臣和沈周。唐寅也没有辜负父亲的栽培，在府学求学期间，学业一直都领先于其他同学，加上他的诗文和绘画都达到了很高的造诣，同学们都视他为神仙一流的人物，争相与他交往。就在这段时间内，唐寅先后结识了日后与他并称"吴中四才子"的另外两位大才子——祝允明与文征明。祝允明比唐寅年长九岁，文征明和唐寅同岁，但他们都是官宦子弟，出身比唐寅要好了十万八千里，他们肯俯就与唐寅交往，便又让唐寅"捞取"了一大票好名声。

自此之后，商贾之子唐寅的社交圈子，便真正应验了刘禹锡那句"谈笑有鸿儒，往来无白丁"，而他家那间开在皋桥的临河酒馆，便也成了他和朋友们切磋诗艺、吟风赏月的最佳场所。每每在府学里念书念得倦了，唐寅就会喊上祝允明和文征明等一帮朋友，回到自家的酒馆，一边品酒，一边吃父亲特意给他们做的拿手好菜，快活得忘乎所以。

唐广德是个开明的父亲，所以也不反对儿子饮酒寻欢。久而久之，生性风流的唐寅，便慢慢地显露出了他放浪不羁的一面来，不过因为他年纪还小，唐广德也没把这些太放在心上。

都说姑苏是天下第一温柔乡，阊门更是姑苏城中最为繁华的所在，唐寅在诗《阊门即事》中描绘了阊门盛景："世间乐土是吴中，中有阊门更擅雄。翠袖三千楼上下，黄金百万水西东。若使画师描作画，画师应道画难工。"自幼便生活在阊门一带的唐寅，常年穿梭于灯红酒绿的闹市间，终日听着酒馆里肆意的喧嚣声，看着门前人头攒动的车水马龙，他的胸腔里跳跃的是一颗活泼而又躁动的心。自打和祝允明、文征明等人结交后，阊门更是成了他们时常聚集的地方。

一晃，唐寅就19岁了。父亲给他娶了当地德高望重的秀才徐廷瑞的次女为妻，他一下子便从一个府学生，变成了一个陌生女人的夫君。很长一段时间内，他都没有再跟着祝允明等人一起到处花天酒地，而是守在家里陪着新婚的妻子，看她梳妆、画眉、点唇、敷粉。而她陪他写字、画画、作诗、填词，他弹琴，她焚香；他吹箫，她洒扫；他品茗，她唱曲，娶妻若此，夫复何求？自打与徐氏成婚后，唐寅的生活处处都充满了花前月下的浪漫，更把科举的心思抛到了脑后。

历经十月怀胎的艰辛后，徐氏生下了一个粉雕玉琢的儿子。儿子的降生，给整个唐家带来了无尽的欢愉，唐寅更是沉溺于幸福美满的家庭气氛中。与此同时，他的才名也变得愈加显达，在恢复了与祝允明、文征明、张灵等一众友人的交往后，他又结识了徐祯卿，后来受到文徵明的父亲、南京太仆寺丞文林的器重与青睐。

人生的轨道，正朝着有利于唐寅成长的方向发展，仿佛只要他一伸手，便可以摘下天上的月亮和星星，高中进士也不过是个时间上的问题。

大家把他和祝允明、文徵明、徐祯卿四个人合称为"吴中四才子"，也就是后来被社会公认的"江南四大才子"。他们走到哪里都能得到粉丝激动的欢呼与热情的簇拥，而这一切，他都欣然接受，微笑以对。

吴中四才子，不仅成了一个特有的文化符号，还成了一道靓丽的风景线。几个大才子时常聚在一起吟啸唱和，裘马轻狂，说不尽的风流洒脱，道不尽的壮志豪情。

人生几度秋凉

25岁那年，对唐寅来说，是他人生中一个重要的转折点。

那一年，在酒馆里操劳了一辈子的唐广德，突然得了一场重病，最终撒手人寰。弟弟还小，妹妹也早已出嫁，家业和酒馆，便交到了唐寅手里。然而，只懂得风花雪月的唐寅，哪里知道酒馆的经营之道？很快，酒馆就要维持不下去了。就在这个节骨眼上，没想到妻子徐氏也暴病而亡了。

● 清·恽寿平《花卉图册·桃花》

接二连三的打击，让唐寅的精神变得恍惚起来，他甚至觉得父亲和妻子的死都是他的幻觉，是那么不真实。

万万没想到，这才是灾难的开始。紧接着，一向无病无灾的母亲也跟着去世了；再接着，远嫁他乡的妹妹因为婚姻不幸，最终选择了自杀；还没等他喘过气来，他的独生子也夭折了。短短两年之内，他便把丧父、丧母、丧妻、丧妹、丧子的悲痛一一经历了个遍。这到底是怎么了？他唐寅到底犯了什么不可饶恕的过错，老天爷要用这么残酷的方式责罚于他？

所有的幸福与美满，都在一瞬间分崩离析，往昔无忧无虑的生活戛然而止，几乎在一夜之间，年仅26岁的他便白了头。

料理完亲人们的丧事后，唐寅便进了烟花柳街，日日笙歌，夜夜买醉，花钱更是如流水。大家都认为他变了个人，有的说他伤心过度，有的说他放荡不羁，还有的说他离经叛道，他在苏州的声名也变得愈来愈狼藉，可他一点也不在乎，更没有替自己辩解。

他试着用女子的口吻写诗填词，来表达内心的痛苦与无奈。那些年，他的画作也几乎都以"白虎"二字落款，众所周知，白虎是煞星，妨碍亲近之人，乃大凶之兆，他却毫不忌讳地以此为名落款，可见心中的悲痛已经积攒到了无法排遣的程度。

一剪梅·雨打梨花深闭门

雨打梨花深闭门，辜负青春，虚负青春！
赏心乐事谁共论？花下销魂，月下销魂。

愁聚眉峰尽日颦，千点啼痕，万点啼痕。

晓看天色暮看云，行也思君，坐也思君。

他日复一日地徘徊在青楼妓馆中，没钱了就伸手跟弟弟要。然而，往日顾客盈门的酒馆，如今连维持经营都相当困难，又哪里还有闲钱供他吃喝玩乐？兄弟两人第一次发生了激烈的争执。

一连好几年，唐寅都没能从亲人们离他而去的伤痛中走出来。最后，好友祝允明实在看不过眼了，一再劝他以科举功名为重，完成父母未竟的遗愿，他才把买醉的心思慢慢淡了下来。

如果说家中遭遇的接二连三的变故，是唐寅生命中的不能承受之重，是他心头怎么也挥之不去的阴影，那么，祝允明、文征明、徐祯卿、张灵、都穆等友人时不时给他捎去的温暖，便是他生命中最大的亮色。在他最痛苦、最无助的时候，是这些朋友让他有了继续活下去的勇气。

父亲的教导，母亲的叮咛，妻子的娇嗔，儿子的淘气，一一浮现在他的眼前，如果继续任由自己堕落下去，他又对得起谁呢？他决定备考。他开始闭门读书，谢绝与朋友的往来，更弃绝了流连于秦楼楚馆的心思，夜以继日地研习。

然而，就在他一门心思想要考取功名之际，命运再次对他开了个不大不小的玩笑。弘治十年（公元1497年），唐寅在参加录科考试期间，竟然故态复萌，与好友张灵在苏州城里眠花宿柳，酗酒无度，而这些放浪形骸的行为，恰恰又传到了提学御史方志耳里，给他造成了很不好的影响。

　　方志是个特别正直的官员，他十分厌恶唐寅这种荒唐行径，更何况还在为母亲守丧期间。他大笔一挥，直接把他的名字从录科名单里去掉了。

　　然而，唐寅毕竟是苏州首屈一指的大才子，怎么能够因为些微的瑕疵，就取消他参考的资格呢？这个时候，身为苏州知府的曹凤替他说了不少好话，加上文征明的父亲文林、苏州名士沈周和从朝中回家丁忧的京官吴宽等人，都出面为他求情。方志只好同意让唐寅以"补遗"的名义参加乡试。

　　就这样，唐寅终是走上了奔赴乡试的道路。同他一起去南京参加乡试的还有他的好朋友文征明。这一次，唐寅志在必得，不为他自己，只为他死去的亲人们，无论如何，他也要以优异的成绩登榜。他全身心地投入到了乡试中。没想到，他一举夺魁，竟又以第一名的好成绩名列榜首，成了那年南直隶乡试的解元。

　　唐寅所撰之文受《昭明文选》的影响，辞藻优雅，才气风发，主考官梁储对他的才识非常欣赏。据说梁储在阅卷的时候，第一眼就相中了唐寅的文章，而且忍不住拍案赞叹。梁储是个极度爱才的官员，不仅让唐寅做了那年的解元，还鼓励他再接再厉，争取在会试的时候再次拔得头筹，甚至特地留下他的文章，待返京回朝时带给他的好朋友、学士兼礼部右侍郎程敏政品阅，多方替他延誉。

　　唐寅终于在29岁那年达到了人生的巅峰。他写诗向主考官梁储表达感激之情，更在一幅公鸡的画上题诗，以表达他的兴奋之情。

画鸡

头上红冠不用裁，满身雪白走将来。
平生不敢轻言语，一叫千门万户开。

高中解元，荣登南京应天府乡试榜首，他非常得意，甚至在朋友们面前夸下了海口，要在接下来的会试、殿试中拿下会元、状元，实现"连中三元"的佳话。

沉寂了整整三年的唐寅，因为解元的光环加身，再次名声大噪，成为人人追捧的偶像。

他又变回了从前那个气宇轩昂的唐寅，继续流连于欢场，挥霍着他的声誉与青春。朋友们纷纷规劝他，要他珍惜好不容易才得来的今天，安下心来继续为来年的会试进行最后的冲刺，可他通通选择了无视，或是压根就没把这些逆耳的良言放在心上。

就连终日流连在歌台舞榭的祝允明都对他说："夫谓千里马，必朝秦暮楚，果见其迹耳。非谓表露骨相，令识者苟以千里目，而终未尝一长驱，骇观于千里之人，令慕服赞誉，不容为异词也。"意思就是说，千里马不能单看外表，还要看它的品质，劝他不能因为一时的得意而张狂无行。

文征明更是给他写信，把时任温州知府的父亲文林对他的担忧，一股脑儿地和盘托出："子畏之才宜发解，然其人轻浮，恐终无成；吾儿他日远到，非所及也。"意思就是说，唐寅你很有才情，但为人过于轻浮，恐怕以后一事无成；而我儿子日后的前程却是非常远大，非常人所能及。文征明本是想用父亲勉励自己的话对唐寅进行劝诫，没料到唐寅听到这些话后，却觉得特别刺耳，回复文征明说，我生来就是如此，你如果看我不顺眼，那以后就别再和我交朋友了。然而，时间证明了文林的预言完全正确。

作为名动江南的解元，前来为唐寅说亲的媒婆踏破了唐家的门槛。苏州城适龄女子的八字都被送到了唐寅的面前，他最终挑选了一位出自官宦人家的千金小姐作为他的续弦。小姐姓何，生就一副国色天香的姿容，琴棋书画无一不精，和他的元配徐氏比起来，一些儿也不逊色，甚至有过之而无不及。他很满意这门婚事，对何氏也很钟情，尽管何氏的性情有些剽悍，而且很有些蛮不讲理，可看在她才貌双全和出身官宦人家的分上，他也就不在乎了。

在与何氏共同度过了一段时期的幸福而又融洽的婚姻生活后，明孝宗弘治十二年（公元1499年），唐寅终于踏上了北赴京师参加会试的路途。和他同去京城参考的还有他的"迷弟"、比他小三岁的江阴举子徐经。徐经在唐寅高中解元的前两年，就已经取得举人的身份，学识和才华也不比唐寅逊色多少。

徐经的祖父徐颐，精通六书，还曾在朝中当过中书舍人，后因病辞官。徐经的父亲徐元献在参加应天乡试时曾取得第三名的好成绩，却止步于礼部试，落榜归家后，因用功过度，年仅29岁就去世了。据传，徐氏家富藏书，所筑"万卷楼"藏有大批古文献。

在祖父和父亲的双重影响下，徐经自幼酷爱诗书，乐学不倦，长大后，一切家计都交由母亲薛氏与妻子杨氏掌管，自己则两耳不闻窗外事，一心埋首于举业间，平时更是足不出闾，目不窥市。

徐家不仅以文名著称于世，还是江阴首屈一指的富贵人家，但徐经却跟别的富家子弟不一样，他对一切声色犬马的活动都不感冒，唯一的爱好，就是与才华横溢的人士交往，比如名震东南的唐寅。

徐经非常崇拜唐寅，尽管唐寅比他晚中举两年，但这并不妨碍他与之倾心交往。他根本不在意外界对唐寅各种不好的风评，也不在意唐寅只是酒馆老板的儿子，更不在意唐寅各种离经叛道的行径，在他眼里，唐寅就是他的偶像，他做梦都想跟他结交。所以，当他从江阴赶到苏州去拜访唐寅的时候，带给唐寅的见面礼就是妥妥的一百两银子。这说明徐家有钱，也表现出了徐经对唐寅这个人的重视。

说到徐经，大部分人可能都没听说过他的名号，但要提起他的玄孙徐霞客，那可就如雷贯耳了。徐霞客是著名的大旅行家、文学家，他之所以能够常年在外行走，就是因为祖上留下的财富，实在是多到怎么花都花不完。据说徐经去世后，他的次子徐洽（徐霞客的曾祖父）光田产就分得了12597亩，还有数不清的房屋、银两、商铺等等，绝对是巨富中的巨富。

有传闻说，唐寅赴京赶考的所有费用，也都是由徐经一力承担的，从徐家的财力来看，想必这个说法所言非虚。一心把唐寅视作偶像和兄长的徐经，不仅请唐寅住最高档的旅舍，吃最名贵的馆子，更带着唐寅去拜访京城里的文人名士，而这其中就包括身为礼部右侍郎、翰林院学士的程敏政。

程敏政在孝宗还是太子的时候，曾经做过孝宗的老师，算是当时的文宗泰斗。梁储回京为唐寅延誉时，特地对程敏政

● 明·陈洪绶《杂画图册·溪石图》

说："仆在南都得唐生，天下才也，请君物色之。"所以，程敏政对唐寅的名字并不陌生，当徐经带着唐寅来拜会他时，他对这个后生晚辈产生了一种特殊的关爱之情。

程敏政与唐寅谈得很是投机。因为实在是太喜欢这个年轻人了，程敏政还跟他谈了很多关于今年会试的话题，甚至对可能会出现的考题进行了一番推测。程敏政之所以跟唐寅说了这么多，完全是出于对晚辈的怜爱，压根就没有想过要向唐寅泄露试题，因为他也不知道今年到底会考什么。

谁料，不久之后程敏政就被孝宗皇帝钦点为当年会试的副主考官，所有的事情，便都朝着耐人寻味的方向一路发展下去，且一发不可收拾，并最终成为唐寅卷入科举舞弊案的重要罪证。

祸起萧墙，风染桃红

众口铄金，唐寅百口莫辩。只有他知道自己没有作弊，可惜没人相信他的话，于是，他只能成为被打击的对象，遭受千夫所指。

唐寅舞弊的消息一经传出，迅速引爆了整个京城的舆论。首先是一个叫作华昶的七品给事中，连夜给孝宗皇帝写了一道奏章，弹劾程敏政在会试过程中徇私舞弊，把试题泄露给了唐寅和徐经。华昶还给皇帝提了建议，让正主考官李东阳亲自审查程敏政批阅过的考卷，看他是否录取了唐寅和徐经，如果录取了，就说明舞弊案确实是存在的。

　　箭在弦上，不得不发。既然舞弊一事已经闹得沸沸扬扬，动了天下物议，那就必须一查到底。孝宗皇帝很快下了诏书，让李东阳按照华昶的提议去办，可李东阳在把程敏政批阅的考卷审查了一遍又一遍后，竟然发现了一个意外的结果，那就是，三百份被录取的考卷，根本就不包括唐寅和徐经的，也就是说，唐寅和徐经都没有考中。与此同时，李东阳也没在试卷中发现程敏政徇私舞弊的证据。

　　李东阳把调查结果呈报给了明孝宗。舞弊案没有坐实，但又牵引出了另一个问题，那就是华昶举报不实。为了查明真相，孝宗皇帝索性下旨将华昶、唐寅、徐经都抓了起来，准备严查此事。本来这个案件可能很快便会出现转机，但这个时候偏生又半途杀出了个程咬金，那便是今科会试的同考官林廷玉，他的出头，让唐寅遭受了一场无妄之灾。

　　所谓同考官，就是主考官的助手。林廷玉在给孝宗皇帝上的奏章中说了三件事，每一桩的矛头，都无一例外地指向了程敏政。他的目的，无非就是想坐实程敏政泄露试题，而且把李东阳也攀扯了进去。从表面来看，林廷玉的举报还是很有说服力的，这一下，事情闹得更大了，明孝宗思量再三，只得下旨把他的老师程敏政给抓了起来，并对之进行了审问。程敏政虽然只是个文官，但却非常有骨气，他认为自己没有做过卖题的事，坚决不予承认，并且向皇帝提出请求，让参与该次会试的所有同考官一同出面，与林廷玉当场进行对质，可惜孝宗皇帝并未满足老师的这个要求，也没有再审下去，而是让有司继续严审已经身陷囹圄的唐寅与徐经。

　　明孝宗自然不想太过为难自己的老师，而且在他心里，也是不太相信程敏政会卖题的，可舞弊案已经闹得尽人皆知，不审个明明白白，不给大家一个满意的交代，也难以堵住考生的嘴，更难以平息百姓的物议，所以，最好的办法便是拿唐寅和徐经开刀。本就不存在的舞弊案，叫唐寅、徐经怎生承认？不承认就代表没有舞弊吗？负责审案的官员们也不是吃素的，既然考生们都一口咬定唐寅和徐经在会试前去拜访过程敏政，这里面就必然存在些蹊跷，于是，干脆对他们施用大刑，直把他们打得皮开肉绽，哭爹喊娘。

唐寅和徐经都是文弱书生，打小过的都是锦衣玉食的生活，从来都没受过苦、遭过罪，哪里经受得住花样百出的酷刑，只好屈打成招了。

徐经交代说，到京城后，因仰慕程敏政的为人和才识，就主动带着唐寅去程府拜见，可要见人，自然不能空着两只手去，所以就给程敏政带了一块金子作为见面礼。在交流的过程中，程敏政也的确帮他们分析过会试可能的出题方向，但那个时候程敏政还没有被任命为副主考官，也就不存在泄题的主观意愿。

后来，程敏政阴差阳错地成为副主考官后，他又让书童给了程敏政的家仆一些钱，向仆人打听程敏政最近都在看什么书。仆人贪贿，便都一五一十地告诉了他，事后他也把这些信息分享给了唐寅。可任谁也没有想到的是，今科会试的考卷上，果然出现了类似的试题，但那也只是巧合，程敏政并没有故意泄露试题给他们。

徐经都这么说了，唐寅还能有什么可说的？欲加之罪，何患无辞，眼见得是百口莫辩，为了少受些皮肉之苦，他也只好承认自己在拜访程敏政的时候，给对方送了一块金子，不过那么做也不是为了求题，而是向程敏政乞文，要送给他的乡试座主梁储。一桩莫须有的舞弊案，就这样闹得越来越大，很有些刹不住车的架势，最后，明孝宗只好让礼部会同刑部、吏部进行三司会审。

在三司会审的时候，徐经又推翻了自己先前的供词，说那是屈打成招。所有的迹象，都表明这桩所谓的舞弊案，是子虚乌有的牵强附会。明孝宗也不是傻子，在证据明显不足的前提下，御笔一挥，给出了最终的判定。华昶因为"言事不察"的罪名，被逐出京城，调任南京太仆寺主簿；程敏政也被定了一条"临财苟得，不避嫌疑，有玷文衡，遍招物议"的罪名，意思就是说他在面对钱财的时候没有拒绝，出题也不避嫌疑，并勒令其致仕还乡。程敏政哪里受得了这个冤屈，出狱仅仅四天之后，便因愤懑不平发痈而卒。

结局最惨的还是唐寅与徐经，他俩被定的罪名是"夤缘求进"，也就是说他们拉拢关系，攀附权贵，以求高升，最终被革去举人的身份，并且终生都不得参加科举考试，更不得踏入仕途半步。对唐寅来说，这简直就是奇耻大辱，他从来都没有作弊，皇帝凭什么革去他的功名，绝了他的仕进之路？所谓的舞弊案已经审查得够清楚了，本质上就是构陷，可皇帝为了平息物议，竟以牺牲他和徐经的前程作为代价，这哪里还有天理可论啊？可天子毕竟是天子，皇帝说出的话谁敢反驳？纵使他心里有一万个不情愿、一万个不服气，也只能打落门牙往肚里咽了。

让唐寅更加怒火攻心的是，在他出狱后，礼部竟然要将他发往浙江出任衙役之类的小吏。所谓衙役，也就是贱籍，这对从小饱读圣贤之书的唐寅来说，更是诛心，功名都已经被革去了，还嫌他不够臊得慌吗？士可杀不可辱，无论如何，他都不会去浙江充当吏役的。

这个时候，时任吏部右侍郎的吴宽，也就是先前在苏州替唐寅在录考官方志面前说过话的前辈，又站出来替他这个小老乡说情，他特地给浙江布政司左参政欧信写了封言辞恳切的信，请他代为照顾即将南下的唐寅。然而，心高气傲的唐寅并没有领吴宽的情，他宁可失去一切，也不肯向命运低头，最终，还是由他的好朋友、身在苏州的文征明出面，给吴宽写了封请托信，拜托他给浙江巡抚打个招呼，从吏役名单里把唐寅的名字给删掉了。当然，要被除名也不是那么简单，为此，唐寅还缴纳了一笔价值不菲的"赎徒"之钱，至此，纷纷扰扰持续了年余的舞弊案才算彻底完结。

相较之下，徐经的遭遇比唐寅更为悲惨。经此一劫后，徐经回到江阴，继续关起门来读书做学问，希望有朝一日能够重返科场。然而，徐经在煎熬中没有等到那一天的到来，三十多岁就客死京师。

从应天府乡试高中解元，到参加会试被投入大牢，前后时间尚不足半年之久，一荣一辱，真可谓天壤之别。此后，清高的唐寅便彻底绝了仕进的心，一心一意地投入到了书画诗文的创作中去。

他拖着一身的疲惫，黯然地回到了生他养他的苏州。迎接他的再也不是往常随处可见的鲜花与掌声，取而代之的，是文人墨客的白眼与轻视，是街坊邻居指桑骂槐的欺辱，是亲戚们的冷嘲热讽与尖酸刻薄的风言风语，是市井无赖的喝倒彩与哄然大笑。

最让他受不了的，是妻子何氏对他的态度。打他回到家中后，何氏就没给过他一天好脸色，不是摔锅砸碗，就是一手叉腰，一手指着他的额头破口大骂，骂到激动处，甚至会对着他的脸狠狠地唾上一口。这就是他一眼相中的妻子何氏吗？她不是官宦人家的千金小姐吗，怎么骂起人来倒像是个不通文墨的市井村妇？

久而久之，唐寅和何氏的矛盾越积越深，这让他想起了早逝的元配徐氏的种种好来。要是徐氏还活着，她绝对不会往他的伤口上撒盐，更不会用任性尖刻的言语骂他，而是会用她的温柔，她的温暖，默默地支持他，始终如一地陪在他身边，陪他一起走过人生的低谷，陪他一起守候生命中必将出现的晴天。和徐氏比起来，何氏简直就是个粗陋不堪的乡野村妇，这也让他愈来愈思念早已死去经年的徐氏，并忍不住提笔为她写下了一首悼念的诗。

伤内

凄凄白露零，百卉谢芬芳。
槿花易衰谢，桂枝就销亡。
迷途无往驾，款款何从将？
晓月丽尘梁，白日照春阳。
抚景念畴昔，肝裂魂飘扬。

　　唐寅的这首《伤内》诗，不仅打翻了何氏心底的醋瓶子，更把她的嚣张跋扈一股脑儿地勾勒了出来。她终日指着唐寅骂得不可开交，搅得整个唐家都鸡犬不宁，甚至怒不可遏地向唐寅提出了离婚的要求。离婚？这一点，唐寅倒是着实没有想过，可他真的再也忍受不了妻子三天两头的无理取闹与泼妇骂街式的辱骂与人身攻击了，索性同意了何氏提出的分手建议。

　　夫妻本是同林鸟，大难临头各自飞。何氏一心认定是唐寅拖累了她，欺骗了她，所以当她提出离婚的时候，心里一点负担和压力都没有，就盼着唐寅早点放她离去，从此与他一别两宽。站在何氏的角度去想，也不是不可理解，毕竟，她嫁给唐寅还不到半年时间，就罹此变故，这让她如何接受得了呢？她嫁给他，本是要嫁给身家清白的江南第一才子，要嫁给未来的状元郎，甚至是位极人臣的宰执，也好让她夫唱妇随，好好地过一过状元夫人、宰相夫人的瘾，可谁能料到，一场舞弊案，就断却了她所有的念想呢？

　　看着何氏拿着休书转身离去之际，唐寅突然感到一种如释重负的快感，心里积郁已久的阴霾也于刹那间一扫而光。人生苦短，她辜负了他，他成全了自己，又何必与命运过不去呢？既来之，则安之，一切得失皆有其因果，就任它顺其自然吧！

　　高调的为人处世，让唐寅丢掉了功名，也失去了妻子。没有人理解他，弟弟不理解他，弟媳不理解他，甚至连好朋友文征明也不理解他。受尽了白眼和世态炎凉的唐寅，终于放下了所有包袱，离开姑苏温柔乡，踏上了羁旅。

　　绝望的他，已经不再相信什么圣贤之言，也不再执着于金榜题名，自此一叶扁舟远江湖。他四处流浪，走到哪里是哪里，倚红偎翠，流连风月，穷得叮当响连一文钱都掏不出的时候，就用诗画换取酒钱，日子虽然过得艰辛，倒也安逸快活。

那几年，江浙赣闽的很多人，都在酒肆歌坊的角落里，看见过一个落魄的书生，一边百无聊赖地唱着《百忍歌》，一边在宣纸上泼墨挥毫，画下了一张又一张用来换酒钱旅资的画。

在外面溜达了一圈后，唐寅最终还是回到了苏州。虽然他看上去一直风轻云淡，但他的内心早已被残酷的命运击打得千疮百孔，所有的微笑与静默，也不过都是在掩盖他根本就不曾愈合过的伤口罢了。看似不正经的他，却是最深情的；看似狂荡不羁的他，却比谁都要真诚；看似对什么都无所谓的他，却比谁都要坚守底线；看似没心没肺的他，却比谁的心思都要缜密。这样的一个他，终究还是难以抵挡命运给他捎来的各种狂风暴雨，在游历完回到苏州后不久，便病倒了。

为了不拖累弟弟一家，唐寅病好后，就和唐申分了家，以后不管前程如何，一切的噩运，就由他唐子畏独自面对，独自承担吧！

最后的温柔乡

最终，唐寅接受了命运的安排，在一片桃花盛开的桃林里，建起了桃花庵别业，从此，笑也只由他，哭也只由他，再也与旁人无关。

画画成了他的最爱，也成了他的寄托。他把全身心都投入到了绘画中，不断地钻研，不断地思索，不断地练习。无数个日日夜夜里，他都坚守在画案边，一边举着湖笔，一边紧抿着嘴唇用心构思，力求精益求精。

他画出了《匡庐图》，他画出了《步溪图》，他画出了《湖山一览图》，他画出了《王献之休郄道茂续娶新安公主图》，他画出了《落霞孤鹜图》《春山伴侣图》《虚阁晚凉图》《杏花茅屋图》，他画出了《雨竹图》《墨梅图》《风竹图》《临水芙蓉图》，然后沿着大街小巷售卖自己的画作。

慢慢地，他的画作声名鹊起，常常是一经拿出去，就被迅即抢购一空。从某种意义上来说，是画画拯救了他的生命，也让他日趋苍白的生活，开始有了一丝鲜亮的色彩。

唐寅笔下的山水画，既可以浓重雄健，也可以清润秀雅，可高雅的山水人物画在当时并不受市场欢迎，无奈之下，为了生计，他只好画起了春宫图。唐寅精于仕女画，又曾因与风尘女子多有交往，所以笔下的春宫图便少了几分淫荡造作，多了几分情到浓时的自然流露，刻画女子的羞涩娇媚更是入木三分。

也就在唐寅绘画谋生的时期，他在青楼买醉时，邂逅了一位名叫沈九娘的官妓。她生得花容月貌，又兼得才华横溢。他认为，除了元配徐氏，沈九娘便是这世间最好的女子。

在沈九娘面前，唐寅那颗尘封了多年的心，再次被熊熊点燃，他不顾亲朋好友的反对，甚至不惜和自己唯一的胞弟唐申反目，也执意要迎娶沈九娘为妻。再婚的那一年，唐寅36岁，而沈九娘也已经31岁了，既然这个世俗的世界容不下他们，那他就带着沈九娘远离红尘俗世的是是非非吧！

蓮花冠子道人祗日侍君王宴
紫微花柳不知人已去年閒緣
與畢鄉

蜀後主每於宮中裏小巾命宮妓
衣道衣冠蓮花冠日尋花柳以
侍酣宴蜀之謠已溢厚矣而走
不扼注之亮至淫膩俾後想猩
顧之令不無捉曉 唐寅

明·唐寅《王蜀宮妓图》

　　成婚之际，唐寅在苏州城北桃花坞营建的桃花庵别业也落成了。为了给沈九娘营造一个舒心的住所，他还特意建造了梦墨亭，供她休憩散心之用。他几乎花光了所有的积蓄，还跟朋友们借了好些钱财，才筑好了这座四处都长满了桃花的桃花庵别业。而沈九娘也为了他甘愿埋首于尘埃中，终日不辞辛劳地围着柴米油盐酱醋茶打转，陪他一起过上了安贫乐道的清苦生活。

桃花庵歌

桃花坞里桃花庵，桃花庵下桃花仙。
桃花仙人种桃树，又摘桃花换酒钱。
酒醒只在花前坐，酒醉还来花下眠。
半醉半醒日复日，花落花开年复年。
但愿老死花酒间，不愿鞠躬车马前。
车尘马足富者事，酒盏花枝隐士缘。
若将显者比隐士，一在平地一在天。
若将花酒比车马，彼何碌碌我何闲。
世人笑我太疯癫，我笑他人看不穿。
不见五陵豪杰墓，无花无酒锄作田。

　　两个深情的人，都曾被这个无情的世界辜负，但在被辜负之后，他们依然选择了深情前行，用微笑与内心的坚守，守护着这世间最后的温暖与柔软。他们一起隐居在桃花坞，几间门前有流水的草屋旁，种满了他们喜欢的奇花异草，间或还布置了些许他们喜欢的太湖石。

在这里，他时常邀上三两好友，在桃花的影子下，弹琴赋诗，饮酒作画；而她，亦总是变着花样地，为他和他的朋友们做出各种可口的饭菜。她善解人意，温柔体贴，给了唐寅久违的温暖与关爱。不久，她还为他生下一个粉雕玉琢的女儿，兴奋之余，他更亲自为女儿起了一个极富诗情画意的名字——桃笙。

桃花坞景色清幽，每当三月桃花绽放的时候，端的是艳光照人，花香袭人。唐寅读书灌园，吟诗作画，沈九娘抚筝弄箫，起舞翩跹，好不风雅惬意。"客尝满座，映照江左"，桃花坞在唐寅的苦心经营下，很快便聚拢了一大批苏州名士和名妓，更催生了许多佳作和传说，而唐寅"江南第一风流才子"的称号，也便是从那个时候开始传扬出去的。

面对现有的一切，唐寅心里感到非常欣慰，又开始对生活重新燃起了无边的希望与憧憬。然而，好景不长，婚后第五年，吴中地区出现百年一遇的水灾，各地都闹起了饥荒，唐寅刚刚有点起色的书画生意，也跟着变得日益惨淡，家中的开支全靠沈九娘一人勉力支撑。无奈，屋漏偏逢连夜雨，沈九娘终因操劳过度，一病不起，在病榻上辗转缠绵了三年之久，最终香消玉殒，年仅38岁。

安葬完沈九娘后，怀抱着女儿桃笙的唐寅，已是欲哭无泪。他真的是白虎孤煞命吗？他克死了双亲，克死了徐氏，克死了儿子，现在又克死了沈九娘，日后又要克死谁呢？他下意识地抱紧了怀中的女儿，无论如何，他都不会让桃笙受到哪怕是一点点的伤害。是的，他不允许，绝不允许，老天爷，如果我犯了不可饶恕的罪过，那就请责罚我好了，可千万别再伤害我身边的亲人们了啊！

一夕之间，唐寅又苍老了许多。他只能把满腔的悲愤化作无尽的动力，一张接一张地卖力地画着他的画。沈九娘去世后，他把所有的心思都用在了抚养桃笙和画画上，此后再也没有结过婚——流传了几百年的"唐伯虎点秋香"的故事，只是个附会的传说罢了。

沈九娘去世后，唐寅的心也跟着死了，唯一让他可以稍稍忘却痛苦的，便是饮酒与画画。两年之后的秋天，他的生活迎来了变化。45岁的唐寅被远在南昌的宁王朱宸濠派来的人持重金礼聘为幕僚。九娘已经死了，他不能再委屈桃笙跟着他一起受苦，便把女儿托付给弟弟照顾，去了宁王府的所在地南昌。

唐寅以为宁王朱宸濠请他出山，只是看上了他唐寅的声名和才华，为自己纸醉金迷的王爷生活锦上添花，又哪里知道这个金玉其外的王爷却有着一颗黑暗的强盗之心，之所以花费大把的金钱和精力把他请来南昌，竟是在盘算着别的主意呢？

当然，他也猜对了一半的原因，宁王确实是看中了他如日中天的声名，但他却忽略了宁王的真实用意。当他开始意识到这个王爷竟然一直都在蓄谋造反后，他才终于明白，宁王只是想笼络像他这样才华横溢却又不被朝廷所重视的文人志士，并利用他们的影响力去实现他个人的阴谋。这一下，他浑身都吓出了冷汗来。

宁王总是和一些不三不四的土匪强盗接触，而且囤积了大量的粮草、兵器，这不明摆着是想造反吗？宁王的所作所为，让唐寅想起了十多年前在京师被人构陷的舞弊案，一场罗织的罪名都让他深陷囹圄，这实打实的谋逆行为，那可是要株连九族的啊！唐寅再一次陷入了痛苦的深渊，无论如何，他都不能害了自己的宝贝女儿，所以，逃出生天，便是他唯一的选择。

然而，宁王能那么轻易放他走吗？当然不能。宁王费了九牛二虎之力，才把他从苏州骗到了南昌，又怎会就此放他离去呢？怎么办？已经误上贼船的他，该如何才能脱身事外，在东窗事发的时候表明自己的清白呢？想来想去，唯一的办法就是装疯。正在给宁王用心绘画的他，便突然毫无预兆地发起疯来，不仅当着宁王和王妃的面，撕开了自己的上衣，扯乱了自己的头发，还对着所有人大呼小叫，更拿起酒壶自头顶浇下，并拍着手狂笑。

唐寅果真疯了吗？心思缜密的宁王可没那么好骗，为试探唐寅是不是真的疯了，宁王故意拿了猪食给他吃，他想也没想，就歪着脑袋大快朵颐，吃得那叫一个香啊！为了让宁王相信他是真的疯了，他还故意追着王府里的妇女到处疯跑，甚至撕开下衣，在大庭广众下响亮地撒尿，并接满酒杯，要送给宁王及其手下品尝。

发展到最后，唐寅竟然当着王妃的面脱光了衣服，甚至裸着身子跑到南昌城里四处游走，还嬉皮笑脸地不断高声呼号着说："我是宁王府的贵客。"宁王终于忍无可忍，在第二年的春天派人将他送回了老家苏州。

就这样，唐寅巧妙地利用装疯，最终摆脱了宁王对他的掌控，回到了他的桃花庵别业，回到了女儿桃笙身边。正德十四年（公元1519年），宁王朱宸濠起兵十万造反，结果一个多月就兵败被俘。

嘉靖二年（公元1524年），一直怀才不遇的唐寅，在郁郁寡欢中走完了他的人生之旅，年仅54岁。此时，与他相濡以沫的妻子沈九娘，亦已经故去12年了。在离开这个世界之前，他将唯一的女儿桃笙许配给了好友王宠的儿子王阳，并作诗一首，与这个带给他无尽灾难的世界进行最后的诀别。

临终诗

生在阳间有散场，死归地府也何妨，

阳间地府俱相似，只当漂流在异乡。

● 清·上睿《携琴访友图》（局部）

玖

张岱

生而为人，必须有趣

张岱是个有趣的人，也是个有情的人。他享受过锦衣玉食的花样年华，也遭遇过人生的滑铁卢，但他心头永远都挂着一轮明月，活得自在，活得洒脱，活得恣意，活得逍遥，真可谓明朝第一等风流人物。

人无癖不可交

从一出生起，张岱手里拿到的便是一副好牌，出身于书香门第，吃的是山珍海味，穿的是绫罗绸缎，喜欢的是古董、品茗、蹴鞠、斗鸡、打牌、唱戏、狩猎、赏雪……

张岱受到了良好的教育，小小年纪便能出口成章。某天，听说不满5岁的张岱善对，二舅陶崇道故意指着墙壁上的画对他说："画里仙桃摘不下。"张岱略一思索，立马对道："笔中花朵梦将来。"陶崇道感到十分惊奇，称赞其为"今之江淹"。

照常理来说，张岱成为出类拔萃的人才，是顺理成章的事情。可偏偏在科举这条路上，他却走得颇不顺畅，一辈子只是个秀才，无法做官。这对满门进士的张岱来说，是讽刺，也是无情的嘲弄。

崇祯八年（公元1635年），年近四十的张岱乡试落榜。他彻底放弃了入仕的念头。不过，这对张岱来说，倒也算不得是什么坏事——如果他果真与仕途有缘，想必这世间也就不会有我们所熟悉的那个张岱了。

张岱喜欢读书，却与科举功名格格不入；他喜欢声色犬马的生活，却又从来没有因此贻误性情；他放浪形骸，倜傥不羁，却又不失风雅与气度；他偎红倚翠，纵情欲海，却又不妨碍他成为深情的翩翩贵公子。他热爱生活的这个世界，他热爱人世间的烟火气息，清风，明月，芙蕖，榴花，美婢，都是他所热爱的事物。

张岱在《陶庵梦忆》里，写了一篇文章《祁止祥癖》，写的是他的好友祁止祥。在这篇文章里，张岱说了一句妙语，那便是我们至今都耳熟能详的"人无癖不可与交，以其无深情也；人无疵不可与交，以其无真气也"。

仅从字面上去理解，"癖"和"疵"都不是什么好词，有癖、有疵的人，基本上都可以判定为病态的一类人，而张岱偏偏在他的文章里旗帜鲜明地提出了自己的见解："癖好""疵病"，都源于一种执着的喜爱，长时间的研磨才能养成。画癖、蹴鞠癖、鼓钹癖、鬼戏癖、梨园癖，对事物有着近乎偏执喜好的，才是至情至性的人，他们"情深""气真"，所以才值得深交，而那些没有癖好的人，生活中鲜有情趣，也往往都是不可交的。

在《陶庵梦忆》中，张岱还写了很多有癖有疵的人，比如邀人赏月会说"宽坐，请看少焉"，用苏轼《赤壁赋》的典，把"月亮"说成"少焉"，不用常语说话，却又长得"状貌果奇"的范长白；比如为了学一出戏不惜花费重金，因此耗尽十万家业的戏痴彭天锡；比如能当众说出"女郎侠如张一妹，能同虬髯客饮否"这种话来的著名酒癖画家陈洪绶；比如挥霍无度的堂弟张燕客，建瑞草溪亭，"今日成，明日拆，后日又成，再后日又拆，凡十七变而溪亭始出"；比如他在金陵认识的"貌奇丑，然其口角波俏，眼目流利，衣服恬静"的说书人柳敬亭；比如孤傲得让人难以接近却又对其爱护有加的画家姚简叔。这些奇人巧匠，用自己精湛的才艺，创造了一个又一个的奇迹，更用智慧与努力，书写了一个时代的繁荣与辉煌。张岱不但对他们青睐有加，还和他们处成朋友，从另一个侧面说明了，他自己其实也是一个至情至性的有癖之人。

事实上，张岱确实是一个不折不扣的有癖之人，他爱好丰富，涉猎广泛，吃喝玩乐样样精通，并且皆能弄出花样，玩成行家里手。他在《自为墓志铭》里说："少为纨绔子弟，极爱繁华，好精舍，好美婢，好娈童，好鲜衣，好美食，好骏马，好华灯，好烟火，好梨园，好鼓吹，好古董，好花鸟，兼以茶淫橘虐，书蠹诗魔，劳碌半生，皆成梦幻。"即使在大明王朝灭亡之后，他也没有放弃这些癖好。

人活着，就要有一点癖好。张岱不但爱玩，也很会玩。张岱从很小的时候开始，就已经是个非常会"玩"的"玩家"了。在万千宠爱中长大的张岱，不但博闻强识，而且很会玩，对音乐、书画、诗词、美食等都颇有研究，尤其对花灯，更是情有独钟。每年的元宵佳节，他会不厌其烦地跑上街市观灯，一直都梦想着能够亲手制作出一具"十年不得坏"的纸灯。

长到十八九岁的时候，张岱又迷上了弹琴，先后跟随琴师王侣鹅、王本吾学琴，习得数十种大小曲目，却又觉得一人学着无趣，便拉着一帮朋友自发成立了琴艺爱好小组，名唤"丝社"，每月聚会三次，目的只在练琴上。见朋友们对学琴的兴致不高，他便使出了浑身的解数，不是给他们泡最好的茶喝，就是给他们送最美味的点心吃，而且一本正经地告诉大家，结社一起习琴，要比一个人练强多了。结果，练习到最后，他们几个人一起弹奏时，竟宛若一人在弹，真不可谓不妙。

据传，张岱的琴艺非常高超。在《绍兴琴派》一文中，他写自己学琴于王本吾，其师"指法圆静，微带油腔"，"余得其法，练熟还生，以涩勒出之，遂称合作"。师生若干人同奏时，"如出一手"，如此妙境，实在是令人心旷神怡。而"练熟还生"四个字，乍看上去，似乎是练久还生疏，实则却是一种妙不可言的化境，给人以无限的遐想。

生在江南繁盛之地的张岱，自小便眼界过人，有着非同一般的见识，而随着年龄的增长，他也变得越来越会玩。久而久之，就连琴棋书画这等高雅的艺术，都已经不能再入他的法眼，取而代之的，则是品茶、斗鸡、蹴鞠、狩猎等需要付出更多精力与时间成本却又会被读书人耻为小技的各种爱好。

万历四十二年（公元1614年）夏，不满18岁的张岱，在斑竹庵发现了一口名为"禊泉"的古井。此井水质清洌，堪称上乘，用来泡茶，则味道甘醇，余香持久，这让一向喜好饮茶的张岱，感到特别的兴奋。在《陶庵梦忆》中，张岱对禊泉水有着详细的描述："取水入口，第桥舌舐腭，过颊即空，若无水可咽者，是为禊泉。"这句话的意思是，禊泉水轻，用舌头轻抵上颚，入口即逝，很容易和其他水区分开来。

经过张岱的品尝后，"禊泉"一下子便名气大振，甚至引发百姓的哄抢，最后连官府都被惊动了，地方官员也不管三七二十一，索性强行将"禊泉"收为官有，以后再有人来取水，就得留下银两。

张岱对茶的喜爱，起于他少年时期。小小年纪的他，经常在家尝试用各种泉水泡茶，不知道浪费了多少天下名茶，但他一点也不觉得可惜，甚至花费重金从徽州歙县请来茶人传授扚、掐、挪、撒、扇、炒、焙、藏等制茶经验。当他发现斑竹庵的禊泉水味道特别甘醴，即刻便取了水带回家，但他并没有急着用它煮茶喝，而是把取回的水先放置了三天，以祛除水中的腥味，待三天过后，才不慌不忙地拿它来泡茶。

及至要泡茶的当口，他又突发奇想，"煮禊泉水，杂入茉莉"，硬是往茶里加了些茉莉花，还用了一种特别的冲泡法，"用敞口瓷瓯淡放之，候其冷，以旋滚汤冲泻之"，先往杯里倒入一点点沸水，等茶凉透后，再用沸水猛冲。而用这样的方法冲泡出来的茶，最能带出茶的香气，尤其是将之倒入白素瓷杯中，"取清妃白，倾向素瓷，真如百茎素兰与雪涛并泻也"，那茶叶和茶水，便仿佛一枝枝水中兰花，和着白雪一同倾泻而下，简直美到了极致，也香到了极致。

这对张岱而言，不仅是一个意外的发现，更是一项诗情画意的发明。他经思忖，给这款茶起了个漂亮而又响亮的名字——兰雪。《陶庵梦忆》里记载，经泡茶达人张岱反复研究、精心调制出的兰雪茶，"色如竹箨方解，绿粉初匀；又如山窗初曙，透纸黎光"，由此可见，张岱在制茶喝茶上确实是花了一番心思的。

然而，你以为这就是极限了吗？不，这还远远不是。这么好的泉水，怎么能只琢磨着用寻常方法来喝呢？加茉莉花，改进冲泡方法，对张岱而言，绝对都是些小儿科了，他压根就不满足于一成不变的喝法。于是，又一次，他把目光对准了牛奶。是的，你没看错，早在明朝的时候，张岱就想到了用牛奶这种"乱搭"的方式来泡茶了，为此，他还专门养了一头奶牛，每至夜深人静之际，便命人特地取了牛乳，待静置一夜乳脂分离后，再以一斤乳汁，混入四瓯他特制的兰雪茶中，将之慢慢熬煮成奶酪，并最终煮出了别具一格的"张式兰雪奶酪"，正所谓"玉液珠胶，雪腴霜腻"，吃上一口，真正是茶香清淡，乳香浓郁，回味悠长。

18岁的张岱，泡出了一款闻名天下的名茶来，在他所处的那个时代，上至达官贵人，下至贩夫走卒，就没几个人不知道兰雪茶的。张岱自己也没有想到，由他亲手研制出来的兰雪茶，居然会在五六年之后，在江南茶市中声名鹊起，更没想到，邻近省份的茶商纷纷将自家经营的茶叶改名为"兰雪茶"。自己的"一不小心"，就将茶打造成了一个爆款，成为所有饮茶者的心头之好，不过想来他心里定然是充满了自豪与喜悦的吧！

自己研制出来的茶，让天下茶商纷纷效仿并因此赚了个钵满盆满，张岱自然是得意非凡的。遗憾的是，那个时候还没有商标和专利权意识，如果有的话，张岱光收专利费、加盟费、特种经营许可费，便要富可敌国了吧？

张岱从来都不是个俗人，绝对不会一味循规蹈矩，他挖空心思地在生活中寻找各种各样的乐趣。除了组织丝社、琢磨着怎么泡茶，在其他的玩乐项目上，他也丝毫不落人后，比如蹴鞠，比如斗鸡，不仅玩得呱呱叫，而且玩出了新名堂、新高度。

明熹宗天启二年（公元1622年），26岁的张岱又突然迷恋上了斗鸡，并迅速与一帮兴味相投的朋友一起组织了"斗鸡社"，不仅公然聚众斗鸡，而且公开发檄文邀请各路朋友前来斗鸡相赌，玩得那叫一个不亦乐乎。

张岱不仅跟朋友斗鸡，还跟自己的二叔张联芳斗鸡。张联芳也是个玩主，每次都会带着自己珍藏的古董字画去和侄子张岱斗鸡，但往往十赌九输，跟输得精光也没什么大的区别，倒是便宜了张岱，平白得了二叔很多珍玩宝贝。张联芳好歹也是个长辈，总是输给自家大侄子，自然感到面上无光，所以就想要赢张岱一次，可惜他在斗鸡上的运气实在是差到了极点，越赌越输。他索性在自己的鸡爪上绑上了铁刺，在鸡翅膀下撒上了芥末粉，还特地派人寻找斗鸡名家樊哙的后代以求取秘诀，不可谓不用心良苦。

张联芳这么做目的只有一个，那就是赢侄子张岱一回。遗憾的是，他绞尽脑汁也没能赢过张岱。就在张联芳想方设法地要赢张岱一回的时候，张岱自己却突然主动放弃了斗鸡的游戏，而原因竟然是他在阅读野史的时候，看到唐玄宗因为斗鸡差点亡了国的典故，心里免不得一惊，再加上他和李隆基都是酉年酉月所生之人，更让他觉得莫名的惶恐，便彻底地弃之而去。

"玩物丧志"这四个字，让张岱感到触目惊心。唐玄宗属鸡，他也属鸡，唐玄宗因为斗鸡葬送了江山，而他也成天沉湎于斗鸡的游戏之中，长此以往，他又会收获怎样的结局？唐玄宗的故事，让张岱直接感受到了斗鸡的可怕之处，他幡然悔悟，很快就戒了斗鸡的爱好，转而投入到蹴鞠的新游戏中去了。

若说起球技，即便宋徽宗和高俅再世，也不见得就比得过他张岱，要是在宋朝，想必早就被赵佶召入内廷，和高俅一起陪着皇帝佬儿专事吃喝玩乐了。

张岱玩蹴鞠的对象，并不局限于他身边的朋友和文人，大部分时候，他都是和自家戏班子里的伶人一起踢着玩的——张家有权有势又有钱，养个戏班子不过是小事一桩。当时的梨园子弟多爱玩蹴鞠，张岱家戏班子里的伶人也不例外，隔三岔五就要大张旗鼓地好好踢上一番，比唱戏还要来劲得多。时常看着自家伶人在院子里顶着满头大汗，兴高采烈地踢球，年轻气盛的张岱又怎么能够沉得住气？自然是加入他们的队伍，先踢个痛快再说。

说起戏班子，就不得不说说张岱对戏剧的痴迷。其实，张岱之所以会迷上戏剧，跟张氏一族的家学渊源有很大关系。他的祖上几代人，都无一例外地特别喜好戏曲，且曾先后雇用过六个职业戏班常年驻扎在家中，看他们习戏演戏，而当时名震江南的著名表演艺术家如朱楚生、彭天锡等人，也都和张家保持着密切的关系，交往非常频繁。

可以说，张岱从小就受到戏曲的耳濡目染，对戏剧的偏好也是自幼时就培养出来的，及至长大后，对戏曲的热爱更是炽热，不仅懂得品戏，兴致来了，还能自己上台演戏，跟票友着实有一拼。据传，张岱在戏曲界，一向以精于鉴赏和要求严格而著称，以至于跟他有过合作或往来的艺人，都笑着谑称为张岱演出，就是"过剑门"，稍不留神，就会体无完肤。

张岱是全能型的才子，在戏剧方面亦然。他会品戏，会演戏，也会编戏，会写戏。对于自己在戏曲方面的造诣，他曾经当着众人的面说过："嗣后曲中戏，必以余为导师。"敢于夸下这样的海口，并非张岱自高自大，而是他真的有这个本领，即便不是伶人，吃的不是伶人这碗饭，但见识得多了，自然也就成了这方面的行家。

张岱喜欢看戏，更喜欢演戏，兴致来了，他就会换上戏服粉墨登场，且演什么像什么，正所谓"科诨曲白，妙入筋髓"，而由他亲自创作的《乔作衙》一剧，在首次演出的当日，更是吸引了无数的观者前来观看，说座无虚席，也完全没有一丝一毫的夸张。在戏曲界，不是伶人的张岱，甚至比当时名震江南的诸多名伶都还要出名。他像一颗璀璨的明星，走到哪儿都能引起一阵阵惊叫与欢呼，那架势，比起任何一个杰出的表演艺术家，都毫不逊色。

天启六年（公元1626年），某个雪后的傍晚，30岁的张岱，突地动了唱戏的心思，立马约了李岕生、高眉生、王畹生、马小卿、潘小妃等朋友，一起登上龙山看雪唱曲。在山上，众人欲乘月唱曲，却因为天气太冷导致声音呜咽，最终不得不提前作罢，张岱也只好坐着羊车悻悻返回家中，并写下一首五言古诗《龙山观雪》以为纪念。

崇祯二年（公元1629年）中秋节刚过，张岱便带着家里的戏班子，从杭州出发，前往山东兖州为在当地任职的父亲张耀芳祝寿。途经镇江的时候，张岱命人将舟船停泊在金山寺脚下，稍事休整。当晚，月光皎洁，温婉如玉，江面更是平滑如镜，古老的金山寺掩映在一片静谧的山林中，若隐若现，若有若无，这让谙熟历史的张岱不由得想起了南宋名将韩世忠来，更想起了韩世忠在金山寺鏖战八日并最终将来犯的金兵一一击溃的英勇事迹。

韩世忠是张岱钦佩已久的大英雄，想起他把气焰嚣张的金人打得落花流水、溃败而逃的英雄往事，张岱便激动得心潮澎湃，久久难以入睡。于是，他披衣起床，命人将灯笼、戏服、道具，通通从船上拿到金山寺，竟然就在金山寺的大殿里演起了"韩世忠退金人"的戏码，一时间锣鼓喧嚣，张灯结彩，打破了金山寺夜半的宁静。

那一夜，全寺的僧侣，都被张岱和张家戏班子伶人唱戏的声音吵醒了，不过他们没有怪罪张岱，也没有拿扫帚将张岱一行赶将出去，而是打着哈欠，忍着睡意，从僧房鱼贯而出，都跑到大殿来看张岱演戏了。张岱的戏演得确实好，唱念做打，无一不精，无一不妙，即便那些僧人全都丈二和尚摸不着头脑，不知道他们究竟唱的是哪一出，但还是饶有兴致地一直看到他们演完唱完，才伸着懒腰回僧房睡觉去了。

戏演完了，张岱的兴致也就偃旗息鼓了。他带着张家戏班子里的伶人悄然离开了金山寺，并命令船夫立即启程继续向兖州的方向进发。

三更半夜，带着家班，在佛门清净之地金山寺，演绎了一出戏码，张岱为什么要这么做？脑子坏了？哗众取宠？非也。世人只知道张岱任性率真，却不懂他对家国的一往情深，所以也就很难理解他一时的心血来潮与随性而为，但如果把他这种行为放入时代大背景中去细细推敲，你便能发现他的用心良苦之处。

其时，大明王朝早就处于风雨飘摇之中，关外的努尔哈赤也在沈阳建立了新的政权，而国号正是大金，和与南宋抗衡作对的金国自是一脉相承。眼见得大明朝被各种内忧外患包裹吞噬着，长此以往，国将不国，家将不家，张岱特别渴望能够成为像韩世忠那样的义士，跨马扬鞭，征战沙场，将后金的铁骑一一击退。可他一介文弱书生，连个功名都没有，又拿什么去建功立业？于是，这满腔的热忱，便也只能寄托于这一出韩蕲王大战金兵的戏码中了。

张岱不在乎和尚们会把他当作人还是出没于江上的孤魂野鬼，他只知道，他对大明王朝的满腹深情，都在他半夜导演的一出戏里，无怨，无悔。人们都说，夜半入古寺，任性地在佛祖的殿堂里粉墨登场、唱念做打，这样的行为举止，很张岱很张岱，可又有谁知道，他一时的兴起，终不过是对这个国家爱得太过深沉的缘故？认识他的人都知道他是一个很有趣的人，但真正懂得他的人却又寥寥无几，甚至是屈指可数的。他对戏曲有多执着，对梨园有多痴缠，就对家国有多深情，对大明王朝有多眷恋。然而，即将面对毁家灭国的他，此时此刻，唯一可以做的，也只能是通过一声声的念白，将自己的心志一一表露，除此之外，别无他法。

因为戏曲，张岱不仅结识了不少达官贵人，更与很多艺人结成了生死之交。他从来没有轻贱过梨园子弟，也没有将他们视作下九流之人，相反，他跟伶人们的关系非常好。崇祯三年（公元1630年），张岱家养戏班中的伶人夏汝开的父亲去世，张岱二话没说，当即典当一袭，替夏汝开葬父。第二年五月，夏汝开病逝，张岱悲痛之下，将其葬于敬亭山。崇祯五年（公元1632年）的寒食节，张岱还特意和夏汝开生前的朋友王畹生、李峤生一起，隆重地祭奠了夏汝开，并亲作《祭义伶文》以表缅怀。

张岱是一个性情中人，对待伶人就跟自家兄弟姐妹一样，这也让他得到了梨园界人士的认同与敬仰，并为他带来了好的名声。与此同时，他对戏曲的爱好也达到了巅峰，以至于生活中的细枝末节都逃脱不了戏剧的影响，即便把他形容成戏痴，想必也不会有人站出来反对。

除了弹琴、品茶、斗鸡、蹴鞠、唱戏，张岱的癖好之多，甚至连他自己都算不过来。而且，他还特别喜欢组局跟朋友们一起玩，让大家和他一块分享快乐。他不仅组织了练习琴艺的丝社，还成立了写诗的诗社，不亦乐乎地当起了"起名大师"，每每吟诗作对之余，就和朋友们一块给手边的古董珍玩重新起名，且所起之名必须有典，更务求贴切。

玩过了斗鸡，玩过了蹴鞠，弹过了琴，唱过了戏，给古玩起过了名，张岱又迷上了打牌。他不仅热衷于组织各种牌局，还兼职当起了"纸牌画师"，乐不可支地按照自己的心意画各种风格的纸牌，且自创各种规则，跟朋友们小赌怡情，真正把满身的才华发挥到了极致。

张岱总是在玩的过程中，享受着上天对他的恩赐，他从来不曾浪费过一星半点的时间，更不曾将玩抛诸脑后，只要有了兴致，他便能让自己立马蜕变成一个最优秀的玩家。他爱打猎，所以就经常组织猎局，穿着戎装，骑着骏马，领着一大帮志同道合的朋友，到深山老林里狩猎。打完猎后，他又抖擞着精神去看伶人演戏，放松放松疲累了一天的筋骨，兴之所至，还会上台即兴唱上几句。晚上，他则睡在乡间的古庙里，一边听松涛柏浪，一边看月色倾城。

不折不扣的玩家

除了这些癖好，在吃的方面，张岱也当仁不让。因为喜欢吃蟹，张岱还特意组织了一个蟹社，立志要当个风雅吃货。在吃蟹上，张岱相当相当的讲究，他认为食物不加盐、醋，够滋味的就只有河蟹。而河蟹长到十月时会更加肥大，哪怕是蟹足也会有很多肉，尤其是壳里面的蟹黄、蟹膏，厚实而又实惠。因此，每到农历十月，他就会雷打不动地与友人们一起举行吃蟹会。

在吃蟹会上，每个人都会分得六只蟹，不过他们并不是把分给自己的蟹一口气吃掉，而是吃完一只再煮另一只，慢慢地、仔细地吃。吃蟹时所搭配的辅菜也非常精致，一定要有肥腊鸭和牛乳酪，蔬果则是兵坑笋、谢橘、风栗、风菱，就连饮品也都是他年少时独创的兰雪茶，可谓风雅到了极致。

张岱终其一生，都对吃情有独钟。他自称"越中'好吃'的人没有超过我的"，喜欢吃各地的特产，但是不合时宜的不吃，不是上佳的食物也不吃。比如，北京的一定要吃苹婆果、马牙松；山东的一定要吃羊肚菜、秋白梨、文官果、甜子；福建的一定要吃福橘、福橘饼、牛皮糖、红腐乳；江西的一定要吃青根、丰城脯；山西的一定要吃天花菜；苏州的一定要吃带骨鲍螺、山楂丁、山楂糕、松子糖、白圆、橄榄脯；嘉兴的一定要吃马鲛鱼脯、陶庄黄雀；南京的一定要吃套樱桃、桃门枣、地栗团、窝笋团、山楂糖；杭州的一定要吃西瓜、鸡豆子、花下藕、韭芽、玄笋、塘栖蜜橘；萧山的一定要吃杨梅、莼菜、鸠鸟、青鲫、方柿；诸暨的一定要吃香狸、樱桃、虎栗；临海的一定要吃枕头瓜；台州的一定要吃瓦楞蚶、江瑶柱；浦江的一定要吃火肉；东阳的一定要吃南枣；山阴的一定要吃破塘笋、谢橘、独山菱、河蟹、三江屯蛏、白蛤、江鱼、鲥鱼。而且不管这些食材离得有多远，只要是他想吃的，就会不惜时间和成本，去想方设法地品尝，如不一一弄到手，则决不善罢甘休。

张岱不但爱吃，还很会玩。

尽管张岱是绍兴人，但他对杭州情有独钟，时不时就跑去杭州小住。而每次去杭州，他都会流连在西湖边赏月，也特别爱看湖边的赏月之人。

　　崇祯五年（公元1632年）冬天，张岱又一次来到杭州，住在西子湖畔。天气甚是寒冷，接连下了三天大雪，路边鲜见行人，就连飞鸟的声音都消失不见了。大地白茫茫一片，好个冰天雪地的琉璃世界。某天夜里初更之后，张岱突然来了兴致，独自一人出门叫上船夫，前往湖心亭去看雪了。

湖心亭看雪

　　崇祯五年十二月，余住西湖。大雪三日，湖中人鸟声俱绝。是日更定矣，余挐一小舟，拥毳衣炉火，独往湖心亭看雪。

　　雾凇沆砀，天与云、与山、与水，上下一白。湖上影子，惟长堤一痕，湖心亭一点，与余舟一芥，舟中人两三粒而已。

　　到亭上，有两人铺毡对坐，一童子烧酒炉正沸。见余，大喜曰："湖中焉得更有此人！"拉余同饮。余强饮三大白而别。问其姓氏，是金陵人，客此。及下船，舟子喃喃曰："莫说相公痴，更有痴似相公者。"

　　舟行西子湖上，放眼望去，湖面上到处都弥漫着晶莹剔透的冰花，天空，云朵，远山，近水，都变作了浑然一体的白，再也分不出彼此了。这时候，湖上的一切都是朦朦胧胧的，看什么都看不真切，唯有西湖长堤在雪中隐隐露出的一道模糊的痕迹，湖心亭的一点轮廓，乃至他所乘的这一叶小舟，以及舟中的两三个人，还算是比较清晰的影像，除此而外，便只剩下一片苍苍茫茫的白了。

弃舟上岸，抵达湖心亭，张岱竟然在亭中意外邂逅了两位陌生的客人。只见他们铺着毛毡，顶着严寒相对而坐，旁边一个童子正在为他们煮酒，酒炉里的水烧得滚沸，一直往外冒热气。两位客人看见了从湖中上亭的张岱，惊喜地望着他说："在湖中怎么还能碰上您这样的人呢？"连忙拉着他一同饮酒赏雪。张岱也不客气，坐下来痛快地喝了三大杯酒后，才起身和他们道别。临行前，张岱问他们姓氏，得知他们是金陵人，在本地客居，便没有再说什么。下船时，船夫望着张岱小声嘀咕着说："莫要说相公您痴，没想到这世上还有像您一样的痴人呢！"

从湖心亭看雪回来后，为抒发对人生渺茫的感慨，以及追忆西湖乘舟赏雪的经历，张岱提笔写下了160个字的小品散文《湖心亭看雪》。尽管只有短短的160个字，但此文却氤氲着天人合一、万物静寂的独我境界，更集中体现了张岱乃至中国千百年来的文人墨客，所向往的文字之美，和他们所追求的美学生活典范。张岱的文章是好的，尤其是散文，短小而精悍，没有华丽的辞藻，也没有盛大的铺排，但这种极简的风格，却能直抵人心，让读者和他产生强烈的共鸣，即便没能生活在他那个年代，也能透过他的文字，与他共悲欢，共呼吸，领略到他心底的那份澄澈和剔透。

除了张岱，谁还能写出如此精准简约而又不落俗套的文字？如果有人问我，一生中最想做的最浪漫的事是什么，我肯定会毫不犹豫地回答湖心亭看雪，效仿张岱，在一个白雪纷

柴門深掩雪洋洋，檐搕爐頭煮酒香影是
詩人安穩廬一編文字一爐香

唐寅

明·唐寅《柴门掩雪图》

扬的冬季，顶着满头的飞雪，撑一叶扁舟，慢慢划向被大雪肆意包裹的湖心亭，一边赏雪，一边喝刚刚温好的美酒，兴至而来，兴尽而归，不以物喜，不以物悲，把世间所有的喧嚣烦扰都一一看淡。

江南下大雪非常罕见，一旦逢着大雪纷扬的时节，张岱便总会显现出莫名的兴奋。除了在杭州即兴夜访湖心亭赏雪，在绍兴家居的时候，逢上下大雪了，张岱也会兴致勃勃地披着皮裘出门看雪，且一看就是一整天，你说他若不是个痴人，谁又能算是痴人？

有一年，绍兴下了一场鹅毛似的大雪，张岱当即来了兴致，喊上五个伶人，陪他一起去城隍庙山门看雪。六个人挨挨挤挤地扎堆在城隍庙山门里，一边大口大口地喝着酒，一边欣赏着眼前纷飞的雪花，兴之所至，其中一个伶人唱起了曲子，而另一个伶人则在张岱的示意下，优哉游哉地吹起了洞箫，直至三鼓才尽兴而归。

总之，张岱就是一个不折不扣的玩家，但凡他觉得好玩的事情，他都会玩得不亦乐乎，玩到一个全新的高度。事实上，张岱几乎精通晚明所有的艺术门类，堪称集富豪之家的穷奢极欲与文人雅士的精致讲究之大成，而尤为难得的是，他将这些"玩乐"之事，都做到了极致，随兴即来，随兴即去，一旦厌倦了，便会毫不留恋地及时抽身而出，真正把"有趣"二字玩出了精髓，玩出了深度。

有趣之人，是既玩得了阳春白雪的高雅艺术，也玩得来下里巴人的土玩意儿。在玩这件事上，从来都只有朋友，没有界限，而张岱恰恰是这方面的身体力行者，他不仅玩得了喧嚣嘈杂的斗鸡、蹴鞠、纸牌、狩猎，也玩得了静到极处的琴棋书画，乃至茶艺、丝社、诗社、蟹社，更是玩得呱呱叫。当然，流连于歌台舞榭、花街柳巷的事，他一桩也没有落下，即便爱好经常是说变就变，也丝毫不影响他成为一个集所有癖好于一身的癖之大成者。

终其一生，张岱前前后后写了很多书，涉及经、史、子、集诸部，可谓著作等身。可即便著作等身，张岱却依然谦虚地说自己是一个无用之人，是个废人，说他自己的行为处事，连他本人都觉得不可解说，更无从奢望旁人能够理解领会。康熙四年（公元1665年），他在《自为墓志铭》中，更直言不讳地说自己"学书不成，学剑不成，学节义不成，学文章不成，学仙学佛，学农学圃，俱不成"，所以只能"任世人呼之为败子，为废物，为顽民，为钝秀才，为瞌睡汉，为死老魅也已矣"。

这篇近乎刻薄的忏悔式的墓志铭，写尽了张岱一生的真诚，没有丝毫的虚假与浮夸，尽管他自嘲学书学文皆不成，实则却在庆幸自己没有按照既定的规则出牌，更没有让自己的生活变得一板一眼而了无生气。用张岱自己的话来说，他这辈子就是"半生靡丽，半生萧条"，如同一场幻梦，但即便是暮年落魄，他依然故我地活出了最后的绚丽与真我。

康熙二十八年（公元1689年），93岁的张岱去世。他将写书看戏、制茶打牌的癖好坚持了一生，也将情深不悔坚持了一生，终成晚明一代文圣，在青史上留下了一席之地。大多数人都只知道张岱声色犬马的前半生，却鲜少知道他孤独落魄的后半生，殊不知当繁华落尽之际，曾经的纨绔子弟也阅尽了世

间的苍凉与荒芜，在无情的凛冽与冷酷中，绽放出了极其绚烂
而又多姿的花蕾。

"世人但有殊癖，终生不易，便是名士。"张岱的一生又
何曾不是如此？他一身殊癖，孤傲地独立于乱世之中，对周遭
的万事万物永远都心怀好奇，不仅于好奇中浸淫出了癖好，亦
在癖好中活出了真趣，更在真趣中炼化出了深情，并最终将自
己塑造成了有明一代最为登峰造极的文化大家，给后人留下了
丰厚的精神遗存。

● 明·文征明《兰亭修禊图》（局部）

拾

袁枚

唯美食与花园不可辜负

　　袁枚，字子才，号简斋，晚年自号仓山居士、随园主人、随园老人、通天老狐，生于钱塘，客居江宁五十余年，好美女，好娈童，好文章，好美食，好园艺，琴棋书画，无一不精。他的人生精彩纷呈，独一无二，不仅活出了他自己想要的高度，更活成了无数后人景仰崇拜的精神楷模。

应向花园安放灵魂

　　如果没有袁枚，也就没有随园，反过来说，如果没有随园，也就不会有今人所熟知的袁枚。可以说，随园和袁枚，是相辅相成而又相得益彰的。

　　随园不仅仅是花园，还是中国文人梦寐以求的精神家园。

它既成就了袁枚，也因为袁枚，在历史上留下了极其浓墨重彩的一笔。

自幼生在杭州、长在杭州的袁枚，自始至终都对江南有种与生俱来的非同一般的亲近感，但要跟家乡"上有天堂，下有苏杭"的杭州比起来，他还是更喜欢"旧时王谢堂前燕，飞入寻常百姓家"的江宁（南京）。

在江宁为官多年，袁枚走遍了这座古城的大街小巷，对它的感情也一日甚于一日，但真正让他铁下心来想要定居于此，还要从乾隆十二年（公元1747年）的一桩案件说起。当时，袁枚接手了一个案子，需要到小仓山山麓去走访调查。在办案过程中，他意外发现了一处已经废弃多年的园子，只看了一眼，就让他连步子都挪不动了。几经周折，袁枚找到了园主的后人，用三百两银子将其买下。

随园本不叫随园，而叫隋园，它的前任主人是江宁织造隋赫德，隋赫德因贪污被下狱后，园子也就跟着荒废了，而这才让袁枚有机会捡了个漏，三百两银子就把偌大的一个园子给买了下来。

随园之所以便宜，是因为这座园子的风水非常不好，不论是最初的园主，还是后来接手的几任主人，竟没一个有好下场。

它的第一任主人，是明朝末年复社领袖之一吴应箕，当时它还不叫隋园，叫焦园。后来，吴应箕在组织抗清活动失败后，被清兵擒获斩杀，而他留在金陵的私家园墅便成了无主之地。再后来，这座园子又成了江宁织造曹寅家族园林的一部分，只可惜曹家很快就获罪遭遣，园子亦被朝廷没收。之后，它便又成了新任江宁织造隋赫德的私家园林。然而，没过多久，隋赫德也因为贪污被发配到边疆充军去了，好好的一座园林，至此便彻底衰败了。

乾隆十四年（公元1749年），袁枚在第一次邂逅隋园的一年多以后，正式将其买下来，并将"隋"字易为"随遇而安""随心所欲"的"随"，明确地流露出了想要归隐山林的心迹。其时，袁枚已经以奉养病母为由乞了长假，暂时离开了官场，而他也正是因为钻了这个"空子"，才能够顺利买下这座荒废的园林。因为按照《大清律例》，地方官是不能在任职之地置产的，若他以江宁知县的身份购买园子，按规定是要被处以"杖六十"的刑罚的。

自打将随园收入囊中之后，袁枚便成了一个真正意义上的快乐的庄园主，此后他的人生几乎都是围绕着这座旷古绝今的园子而展开的。

袁枚很喜欢这座园子，对它的感情也特别深厚。刚把它买下来的时候，它还是一派荒芜、破败不堪的萧条景象，但经过他不断的打理修缮之后，慢慢地，便使之蜕变成了一处风光秀丽、宛如仙境的绝美园林，处处都透着典雅婉约的气息。

尽管袁枚买下这座园子只花了三百两银子，但要将它修缮一新，恢复到之前的盛状，岂是区区几百两纹银解决得了的？为了修缮这座早已破败的园子，让它重新焕发出往日的风姿，袁枚甚至花光了当官时攒下的所有积蓄，所幸他一直与出身于淮扬盐商家庭的巨贾程晋芳以及大盐商江春保持着密切的关系，在他们的支持与帮助下，他开始入股投资盐业，很快便赚了个钵满盆满，而这些钱，除了用来养家糊口，都被用到了整修扩建随园上。

　　袁枚对随园的喜爱与付出，是肉眼可见的。他不仅将积蓄都花在了打造这座漂亮的园子上，而且为之倾注了大量的心血。在修缮园子的过程中，他将"随园"的"随"字发挥到了极致，"随其自然，顺势叠理；随其高，为置江楼；随其下，为置溪亭；随其夹涧，为之桥；随其湍流，为之舟……"处处都彰显了他随遇而安的人生态度。

　　除此之外，他还花费了很多的时间和精力，来重新规划布置这座园子，誓要将其打造成首屈一指的江南名园。"奇峰怪石，重价购来，绿竹万竿，亲手栽植……"袁枚对待随园的认真劲儿，显得既可爱却又有些执着，他甚至将家乡杭州西湖的著名景点白堤、苏堤、断桥，都一一照搬了过来，并先后打造出了金石藏、环香处、小眠斋、峻山红雪、香雪海、群玉山头、绿晓阁、柳谷、牡丹岩、菡萏池、双湖、渡雀桥、澄碧泉等数十处炫人眼目的曼妙景致，让所有置身其间的人，都在第一时间，无一例外地，产生了宛临仙境的错觉。

　　可以说，随园就是袁枚的大观园，也是袁枚的圆明园，它几乎浓缩了中国历代名园的精华，更凭借其出色的表现，毫无悬念地成为中国古典园林继往开来的绝佳之作。这里的一草一木，一石一水，无不浸染着袁枚如火的热情与诗意的浪漫，哪怕是廊庑水榭尽头的青苔，亦都是按照他的心意，缓缓延展向曲径通幽之处，美得炫目却不张扬，含蓄中又带了一点点不经意的冶艳。

　　袁枚想要的随园，不能和乾隆皇帝的圆明园比，但也绝对不是人们所向往的陶渊明笔下的那个世外桃源。陶渊明的桃花源，是原始的，野性的，不事雕琢的，而他的随园偏偏要反其道而行之，他的随园不仅要有一种随性的美，也不能缺少后天雕饰的媚，所以在器具的选择上，他也是非常用心的，不仅大肆引进西洋的五彩玻璃来装点各处景致，就连各种小摆件和文玩的运用，也都凸显了他独具的匠心和独特的个人文化品位。

"器用则檀梨文梓，雕漆鹄金；玩物则晋帖唐碑，商彝夏鼎；图书则青田黄冻，名手雕镌；端砚则蕉叶青花，兼多古款，为大江南北富贵人家所未有。"

毫不夸张地说，随园就是一座带有袁枚个人鲜明烙印的园子。这座园子里的一切都是精美绝伦的，无论是各处景致，还是夹杂其间的各种器物。对袁枚来说，随园就是他的孩子，他竭尽所能地要让这个孩子得到这世间所有最好的东西，大到每一座亭台楼阁，小到每一方端砚纸镇，无不体现着他精巧的心思与浪漫的情怀。不美到极致的东西，他是绝对不会带进随园来的，所以，终其一生，他都在不停地搜罗，不停地发现，只要手头一有了钱，立马就会把之前心仪了许久却又买不起的物件——收入囊中，而对于那些粗陋不堪的东西，送给他都不会要，更不要说多看上一眼了。

辞官归隐后的袁枚，把打造随园，当成了他毕生的事业，吃饭时惦记着它，睡觉时惦记着它，行走时惦记着它，甚至在梦里，也时时刻刻惦念着它。随园之于他，早就不仅仅是一座普通的园子，而是他的精神家园，是他的骨骼肌肤，是他生命的一部分，是他身体里流动的血液，同时也是他的知遇至交。所以，他把所有美的物件都毫不吝惜地纳入其中，最鼎盛时，光藏书就达到破天荒的四十万卷，另外还包括一百余亩丰腴肥沃的田园农场。

要打理这么一座大园子，还要让它不断地焕发出华美的风姿，如果没有足够的资金支撑，那绝对是做不到的。尽管袁枚在当官的时候攒下了一笔积蓄，再加上他的投资每年都可以得到不菲的分红，所以一开始，倒也没有在经营修缮上感到吃力，但随着时间的推移和园子的不断扩建，他便慢慢地觉得自己的财力有些捉襟见肘了。

该怎样才能让园子得到持久的良性发展？袁枚想破了脑袋，最终决定重新踏上仕途。但随着父亲的突然离世，他彻底放弃了这个想法，开始以文谋生。他给别人写文章，无论是墓志碑记，还是寿序诔文，只要给足了润笔费，他通通来者不拒。然而，润笔费再多，也难以维持随园的维护与开销，袁枚索性又另辟蹊径，做起了写书卖书的营生。

要知道，尽管已经辞官归隐，但袁枚却还是个实打实的绝世大才子，他写出的书往往刚一面市，便一售而空。袁枚很快就又赚了个盆满钵满。袁枚的书之所以好卖，一是因为他学问好、文笔好、见识广，二是他精于分析读者的心理，懂得如何运作市场才可以将利益最大化，而这一特性，在他对随园的开放式管理上也充分地彰显了出来。

在把随园收拾得差不多之后，袁枚做出了一个破天荒的举动，那就是拆掉园子的围墙，让附近的人都进入随园，陪他一起看花赏月，游山玩水。

在袁枚看来，随园和人一样，都是有生命、有感情的，它需要更多人抵近它，了解它，赞美它，称颂它，夸耀它，然后才能够尽情散发出各不相同的美和韵致来，越加焕发出耀眼的光华与逼人的风姿。拆掉随园的围墙后，越来越多的人得以见识到这座江南名园的庐山真面目，大家一传十，十传百，传到最后，竟把这座园子的名声渐渐传播到了全国各地。来游园的人也不再仅限于江宁、上元、溧水、扬州、苏州等地，就连广州、北京等数千里之外的城市也有人接二连三地慕名前来寻访探幽。一时间，一座私人园林的名气，居然大有盖过皇家园林的风头。

然而，有谁知道，这便是袁枚想要的结果呢？他之所以拆掉随园的围墙，并不仅仅是想把自家园林秀色可餐的景致无偿地分享给大家，而是要通过这样的方式来给随园，同时也是给他自己延誉。随园的名气大了，他袁枚的名气也就跟着大了，那么，接下来要请他写各种应酬文章的人，是不是会变得越来越多，甚至会达到趋之若鹜的程度？想他袁枚，自少年起就以才气闻名于世，而今又因为向公众免费开放自家的园林积累了更多的人气和好口碑，那日后还用得着再为自己的新书销路犯愁吗？

拆掉围墙，让所有人都有机会走进随园里来，对随园和袁枚来说，都是有百利而无一害的。你想啊，那么大的一个园子，平常关着也是关着，就像养在深闺中的大小姐一样，长得再美亦是无人喝彩，甚至会贻误了青春，还不如敞开大门，向大家大大方方地展示它全方位的美，让人们每一寻思该去哪儿玩时，第一个蹦进脑海的词，除了"随园"就不会有别的，继而让它在潜移默化中成为人们休闲游乐的首选，甚至是唯一的选择，并将之慢慢蜕变为袁枚"薅大家羊毛"的重要工具与载体。

● 明·陈洪绶《杂画图册·远浦归帆·仿赵大年笔意图》

人来了，商机也就来了，花那么多钱造出的园子，你不花一分钱地逛了又逛，离开的时候总该买点什么东西一起带走吧？对了，园子里多的是好东西，不仅有来自山南海北的各路特产，还有袁枚特地为大家准备的丰盛的美食，这到了饭点肚子总该饿了吧，是不是要吃饭呢？要吃饭就自掏腰包啊，反正园子里有很多私家美食，只要付过了钱，管保你吃得肚儿圆又滚，而且最重要的一点，绝对会让你吃了第一次还想着再来吃第二次，吃着吃着就吃成老主顾了。就算你什么也不吃，你一分钱掰成两半花，那也别忘了买一本袁枚的书再走，否则你还真不好意思白看人家园子里的美景。

"树上有果，地上有蔬，池中有鱼，鸡凫之豢养尤为得法。美酿之储藏，可称名贵。形形式式，比购诸市上而更佳。有不速之客，酒席可咄嗟立办。"袁枚便这样在随园里开起了餐馆，做起了餐饮生意。除此之外，袁枚还想起了另一个生财之道，那就是把随园中的部分土地、树林、池塘、湖泊，租给附近的农民从事养殖与耕作，而他收来的租金亦都投到了园子的再建设中，如此循环往复，很快便带来了相当不错的经济收益。

说实在的，袁枚的眼界之宽，气度之广，真不是一般的文人可以与之相提并论的，要没有这份宽广的心胸，他还真就不可能成为我们今天所熟知的这一位性情通达，对什么都无可无不可的随园主人。是的，袁枚不仅是个世不二出的顶流文人，还是个精通营销的杰出生意人，他用他无限的热情与耐心，打造出了举世无双的随园，让随园成为后世文人的精神家园，更用他超常的智慧与大视角，让随园为他的书籍和美食成功地打开了销路，并为他赚到了大把的银子。

随着随园的名气变得越来越大，袁枚也是满心都充满了欢愉与骄傲，以至于他迈入老年之际，仍忍不住地在《随园诗话》中对随园的来历大写特写："雪芹撰《红楼梦》一部，备记风月繁华之盛，中有所谓大观园者，即余之随园也。"话里话外，无不流泻着无限的喜悦与自得之情。

袁枚爱极了随园，也爱极了随园里的生活。在他的理解里，随园并不是世外桃源，也不是人间天堂，它就是一座普普通通的园子，一座活生生的充满生命气息的园子。在这里，袁枚不仅可以愉快地写诗赋文，还可以和所有喜欢它的人一起尽情地领略山水田园的澄静与恬美，在美里享受人生的乐趣，在美中让自己原本平淡无奇的人生得到升华与蜕变。

袁枚打开大门，拆掉围墙，随时欢迎进园游赏的每一个游人，用他一贯的笑容与满眼的轻柔，接纳着每一个不同的灵魂，更用大爱与挚诚，浇灌着每一颗或青涩或疲惫或颓顿的心灵，让他们所有人在离去之际，都会不约而同地带着一份难得的安然与从容。他甚至在随园大门两边的楹联上写下了"放鹤去寻山里客，任人来看四时花"的句子，用简单直白而又豪气干云的话语，鼓励所有的探访者，随时都可以来观摩游赏他的园子。据说因为来的游人实在是太多了，以至于园内亭台楼阁的门槛每年都得换上一次。

作为随园的主人，袁枚显然是可爱的。只要来随园玩赏的游人，无论男女老少，无论官商士农，都是他袁枚的朋友，他绝不会吝惜园中的奇花异草，而阻挡了他们寻芳探幽的脚步。这样的气度，这份难得的恣意潇洒，在中国历代文人身上都是

● 明·沈周《盆菊幽赏图》(局部)

很少见的，所以，也只有袁枚有机会成就出了一座随园，即便在园子彻底毁去一百余年后，依然能鲜明如昨地活在后世文人的心中，成为他们永久缅怀的精神图腾。

是袁枚成就了随园，但同时也是随园成就了袁枚。在随园里，袁枚诗兴大发，笔耕不辍，创作了《小仓山诗集》《小仓山房文集》《随园诗话》《随园食单》《子不语》等脍炙人口的作品。

也是在这座开放的随园里，袁枚在著书立说的同时，开始倡导"性灵说"，创立了"性灵派"，主张诗文审美创作应该抒写性灵，要写出诗人的独特个性，表现出个人的浓郁气质以及生活遭际中的真情实感，简单来说，就是大力提倡真性情，反对假道学。正是凭借这股反传统的叛逆范儿，袁枚不仅确立了他在文学圈的顶流江湖地位，更迅速成为有清一代的诗人、散文大家。

可以说，袁枚在文学创作上，取得了非常了不得的成就。他不仅与赵翼、蒋士铨合称为"乾嘉三大家"，更与赵翼、张问陶并称为"性灵派三大家"，亦为"清代骈文八大家"之一，且与大学士纪昀齐名，时称"南袁北纪"。由此可见，袁枚生前身后，名声都如日中天，而这显然又都是跟随园密不可分的。

天下无双的美食家

袁枚知名度最高的作品，恐怕非《随园食单》莫属。既然是《随园食单》，重点自然落在"食单"二字上，而作为古代知名美食家，袁枚更是在这本书上详尽记录了他所尝过的各种美食，不仅把诸位读客看了个垂涎欲滴，更借此机会销出了大量书籍，狠狠大赚了一笔。

大家都知道袁枚的诗写得好，也知道袁枚是名副其实的食圣，但袁枚本人却是不会做饭的，他吃到的各种美食，都是由他家的厨子学来的。据说，他有一个特别的习惯，就是每次走亲访友，都会带上自家的厨师，一旦尝到美味新奇的菜肴，便会立刻指派家厨到厨房里就地拜师学艺。就这样，一边吃，一边学，一边总结，一边保存，四十余年积累下来，一本包罗万象的食谱，也就在他笔下诞生了。

这本书，虽只有薄薄的一卷，却是袁枚通过四十余年的时间，慢慢搜罗来的各种烹饪技艺，成书的时候，已经是乾隆五十七年（公元1792年）。尽管袁枚已年近八旬，他依然精神抖擞地，将他搜集来的326种江浙地方美食的做法，一览无余地写进了《随园食单》，从采办加工到烹调装盘，从菜品到用器，都做了详尽的论述，且一一进行点评鉴赏。可以说，它是一本划时代的烹饪典籍，在餐饮界至今仍具有非常积极的参考意义。

袁枚是一个认真对待生活的人，对于美食，他自然也不敢有丝毫的马虎。《随园食单》中最能体现袁枚是古往今来美食家之集大成者的，是他始终都不厌其烦地坚持将每道菜的出处都写得详尽而仔细，让所有看过这本书的人不仅知道该怎么学做这道菜，还能了解到这道菜的来历，即使一时半会学不会，也增长了不可多得的知识点，甚至让人们有机会在不久的将来登门向主人亲自讨教厨艺，不可谓不用心，亦不可谓不讲究。

　　《随园食单》文字虽然不多，但却是袁枚半生经历的积累。他把自己这辈子吃过的好东西，都事无巨细地一一写在了这本书里，毫不吝惜，毫不犹豫。好东西就是要拿出来跟大家一起分享的，从前是随园，现在是食单，如果大家喜欢，就算把他这身老骨头豁出去，也是心甘情愿的，又怎么会悄无声息地躲在一边独自享受这份口舌之乐呢？这不符合他的个性，也不是他历来的作风，所以即便偷偷在一边享受了四十余年的口福，到最后，他还是没忍住，一股脑儿地将他尝过的好滋味都一一写了出来，奉献给了世人。

　　应该说，在中国饮食文化史上，全面系统地深入探讨中国烹饪技术的理论问题，便是从袁枚开始的，而《随园食单》更是中国古代食书著述史上，集经验、理论大成与卓著影响力于一身的杰出作品，是当之无愧的饮食圣经，亦代表了中国传统食学发展的最高水准。此书一经面市，便成功占领了当年图书市场的榜首位置，更让才华横溢的大文学家袁枚，悄然蜕变成了当世最为著名的美食鉴赏家。

　　身为性灵派三大家之一的袁枚，其深厚的文字功底，让《随园食单》一经问世，便与其他食谱不可同日而语。斐然的文采，加上他娓娓道来的那股子执着劲儿，以及强大的实操性内容，都使得这份食谱具备了非同一般的可读性，不仅中国人爱看，就连海外都有人专程前来求购。仅卖书一项，一年即可收入三四千两白银，不仅让他赚了个钵满盆满，更让他得以蜚声海内外。

　　袁枚对吃的要求很高，也很讲究，在他的笔下，一盘菜，若用猪肉，则不能超出八两，若用鸡肉、鱼肉，最多也不能超过六两，若有人问不够吃怎么办，他的答案只有一个，那就是吃完再做。另外，鲫鱼要选用扁身且带白色者，肉质最为鲜嫩松和，熟后一提，骨肉自然分离，而圆身黑背的鲫鱼，肉质僵硬多刺，在他看来，简直就是鲫鱼中的"地痞鱼"。

当然，他也没有忘记兜售他的美食理念，比如猪肉计有四十三种做法，而甲鱼只有六种做法；比如贵贱不同的食材，要互相混搭才好；比如鸡分五个部分可食，而鹿最佳者，只在尾上一道浆；比如猪肉应该用皮薄的，不能有腥臊之气，鸡肉应该用鲜嫩的；比如腌蛋以颜色鲜艳而又出油多的高邮双黄蛋为佳，食用的时候务必带壳一起切，不可存黄去白，否则便会失去原有的味道，油亦会跟着走散；比如鱼翅炒萝卜丝，萝卜丝要先在鸡汤里煨两遍，才能去掉它廉价的味道，而鱼翅也只需留用上半截，剩下的下半截只管扔掉喂狗就好，而这道菜的烹饪要诀，便是要达到萝卜丝和鱼翅傻傻分不清楚的最高境界；比如做一餐饭，前后计有十四个注意事项，且绝对不能涮火锅。

在《随园食单》里，袁枚大肆推广自己的饮食美学，对菜品的选料、加工、切配、烹调，以及色、香、味、形、器、序都做了精辟的论述，各个环节，皆顺物之性，循物之理，以自然为本，引之导之，调之剂之，最终使其合于口味。作为讲究人的袁枚，总是变着花样地在吃上大做文章，哪怕是惯常的家常菜，他也要吃出新意。比如豆芽，他偏要把它和火腿丝组合在一起，先是把豆芽截断，将其中间部位用特制的锥子镂空，然后再将切成银针粗细的火腿丝一一嵌进去，并美其名曰"豆芽火丝"。这道菜的味道如何，我没有尝过，实在想象不出，但这样纷繁复杂的工序，听起来都让人觉得比登天还要难上千倍万倍，倒是不吃也罢。

无独有偶，袁枚在豆腐上也做足了文章，花足了心思。短短几万字的食谱，光豆腐的做法就达到了九种，其中最具代表性的则是"王太守八宝豆腐"。这种豆腐的做法是，先把嫩片豆腐切粉碎，然后加入香菇屑、蘑菇屑、松子仁屑、瓜子仁屑、鸡肉屑、火腿屑，再一同放入香浓的鸡汤之中，翻炒至滚熟再起锅。据此菜谱的提供者孟亭王太守说，这菜谱原是康熙皇帝赐给尚书徐建庵的，而徐尚书在获得菜谱时还曾向御膳房支付了一千两银子。王太守的祖父曾是徐尚书的学生，所以他才有了这道菜的菜谱，看来，要想吃上一道美味的珍馐，不仅需要大笔的银子、足够的耐心，还需要有一定的社会背景才行，若是在寻常百姓家，谁能有心思去琢磨这么复杂的吃法呢？

同样还是豆腐。有一次，袁枚在别人家做客时，吃到了一道用芙蓉花烹制的豆腐，其色如白雪，嫩若凉粉，细似凝脂，还散发着淡淡的菊花香味，夹了一块细细品尝之后，顿觉此物只应天上有，径自离席直奔豆腐店，向店主请教豆腐的做法去了。豆腐店主人看到来人是大才子袁枚后，则有意打趣他，故意卖关子说："当年陶渊明不为五斗米折腰，今天你如肯为这豆腐三折腰，我就告诉你。"袁枚听了非但没有生气，反而大笑起身，弯腰便拜，毕恭毕敬地向店主鞠了三躬。店主见名满天下的袁枚居然向自己俯首施礼，果真是屈尊求教，顿时后悔自己玩笑开大了，连忙竹筒倒豆子，把这道豆腐的制作秘方，完完整整教给了他。一时间，袁枚为豆腐折腰的故事，被竞相传为坊间美谈。

还有一种空心肉圆，袁枚更是把吃的学问做到了极致。先将猪肉捶碎腌制，然后用冻猪油一小团作为丸子馅，再放到锅上去蒸，油遇热而融化流走，肉丸中心就空了。据记载，镇江人最擅长这种吃法，若不是终日挖空心思地尽琢磨着如何吃了，我们今天又哪里会知道还有这么个奢侈的吃法？我们要感谢袁枚，更要感谢一大帮站在袁枚身后的名不见经传的厨师，如果没有他们，我们就不会有机会看到《随园食单》，也就不可能会知道这些既美味又费尽了心思的美食，也难怪袁枚自己都会说，一桌佳肴宴席，厨师之功劳十占其六，采买则占了剩下的四成功劳。

作为一个顶级美食家，袁枚对吃的要求非常高，为求得菜谱，经常不惜"为美味折腰"，而其对厨师重要性的认可，则体现了他以人为本的思想。袁枚认为每种食材都有其最本质的属性，而厨师则要对其加以合理的利用，顺性而加工。如何加以利用呢？袁枚在"变换须知"中说，就像圣人设教化一样，要因材乐育，不拘一律，"君子成人之美"。袁枚最喜欢的厨子，莫过于他花重金聘到随园的江宁名厨王小余。王小余这个人擅长化腐朽为神奇，和袁枚在对待美食的态度上颇有默契，特别讲究食材的新鲜质地，唯有天然的好食材才有机会被购入园中，且他每次选购食物之际都必定会亲自上阵挑选，从不马虎了事，敷衍以对。另外，王小余每次做菜都不会超过七道菜，免得造成不必要的浪费，但所做菜式又都相当独特精致。

可以说，袁枚与王小余，就是美食界的一对最佳拍档，他们一个负责广交游，四处搜罗菜谱，另一个则负责通过自己的

● 清·于非闇《百禽图》

妙手将之蒸煮烹调，以最佳的风味呈上餐桌，供嘉宾享用。王小余出色的厨艺，让他得到了很多食客的青睐，甚至有人想要出重金挖他过去，但他始终都不愿意离开袁家，有人问他为什么，他则不紧不慢地回答说：知己难，知味尤难。由此可见，袁枚正是因为懂他以及懂他烹饪的美食，所以才能留住他。遗憾的是，王小余走在了袁枚前头，他去世后，袁枚还曾专门写了一篇文章《厨者王小余传》以为祭奠，一览无余地彰显出了他们之间惺惺惜惺惺惺的深厚感情。

尽管袁枚自己不会做饭，但作为吃货界的顶流人物，却始终如一地对美食保持着如火的热情，哪怕是面对一碗粥，他同样做到了足够重视。"见水不见米，非粥也；见米不见水，非粥也。必使水米融洽，柔腻如一，而后谓之粥。尹文端公曰：'宁人等粥，毋粥等人。'此真名言，防停顿而味变汤干故也。近有为鸭粥者，入以荤腥；为八宝粥者，入以果品，俱失粥之正味。不得已，则夏用绿豆，冬用黍米，以五谷入五谷，尚属不妨。余常食于某观察家，诸菜尚可，而饭粥粗粝，勉强咽下，归而大病。尝戏语人曰：'此是五脏神暴落难。'是故自禁受不得。"

而对于米饭，袁枚也不敢小觑。他说："饭者，百味之本"，"饭之甘，在百味之上；知味者，遇好饭不必用菜"。意思就是说，真正的好米饭总是自带光环，即便光吃饭不配菜，也能吃得非常满足。总之，《随园食单》不仅体现了袁枚对做饭这门艺术的痴迷程度，同时也彰显了他对烟火人间的热爱与依恋。

另外，在诸多细节方面，及至今日，《随园食单》亦依然可以被当之无愧地称作厨艺入门者的启蒙经典。关于火候的掌控，袁枚提醒大家，"屡开锅盖，则多沫而少香。火熄而烧，则走油而味失"。意思是煮菜的时候，千万不要频繁地打开锅盖，还要避免中途熄火。而关于上菜的顺序，他则分享了这样的经验："盐者宜先，淡者宜后；浓者宜先，薄者宜后；无汤者宜先，有汤者宜后。"他还絮絮叨叨地告诉每一个读者，如果客人酒足饭饱后起了乏意，可以用辛辣食物刺激下食欲，如果客人酒喝多了，则可以用酸甜食物提提神，真正是细微到了极处。

当然，袁枚并不是什么东西都吃，所以他更在《随园食单》中列出了戒单。所谓戒，就是需要注意和杜绝的各种事情，"凡事不易苟且，而于饮食尤甚"，"暴者不恤人功，殄者不惜物力"。他警戒世人，在享用美食的同时，千万不要忘记体恤人力、珍惜食物，更不能做出类似炭火烧烤活鹅掌、尖刀取活鸡肝那般残忍的行为，这些都充分彰显了他的仁慈心，以及对所有生命的尊重与敬畏。

从山珍海味到农家小菜，从甜食点心到美酒香茗，无一不是袁枚的心头之好。他不仅四处寻找美食、食谱、名厨，以满足自己的口食之欢，同时还能通过餐饮文化创造出巨额财富并衍生出自己独特的人生品位，堪称古往今来集大成者，无怪乎林语堂先生在用英文向西方世界介绍他时这样写道："伟大的诗人和学者袁枚写了厚厚的一本书来讨论烹饪方法。"

袁枚认为，"学问之道，先知而后行，饮食亦然"。他不仅学问做得好，而且从不避讳立食为学的明确目标，并始终为之孜孜不倦地努力着，正如他自己所标榜的那样："平生品味似评诗,别有酸咸世不知。"众所周知,袁枚在写诗、作文、为人方面均推崇性灵,标扬自我,而在谈到美食烹饪的时候,他亦一味强调,论诗与论味、治味与治诗,在哲学、美学精神上是相通的,当他在《随园食单》中将一道道美味佳肴,一一娓娓推荐给读者的时候,我们看到的其实不仅仅是菜肴点心本身,还有他对生活的态度、对生命的观点,乃至对这个世界的理解。

袁枚无疑是中国历史上第一个公开声明饮食是门大学问的人,其饮食理论与烹饪技法至今都存有极高的参考价值,而《随园食单》亦被海内外食学家称为中国历史上的"食经",其地位更是无可取代。尽管他笔下的三百多道菜品点心,有荤有素,有繁有简,但看得出来,袁枚都是在尽心记录,不敢错过任何的蛛丝马迹。置身于吃货的世界中,袁枚尽情诠释着食物的美好本质,一蔬一饭,一茶一酒,落在他眼里,既是闲情,也是雅趣,而他也乐得从这些细微的雅致中,去慢慢体味锤炼出生活的千百种滋味,至死不渝。

袁枚曾公然宣称,平生有九大爱好,而好味,则是排在第一位的。如果说,随园是袁枚为自己在红尘俗世中安置的浪漫桃花源,要借此随心随性地度过一生,那么,《随园食单》便是他"七碗生风,一杯忘世"的潇洒落拓的人生缩影。吃,于他而言,早已不是果腹的手段,而是一种文化,一种情怀,甚至是一项伟大的事业。随着《随园食单》的持续走俏,他干脆在园内的南轩开辟出一块地方,专门收藏其著作的刻板,将印好的书直接放到园子里售卖。据说,他的《随园全集》开售之际,尽管价格高达五两银子,仍然被抢购一空。而因为生财有道，直到袁枚去世时，他仍坐拥"田产万金余，银二万"的巨额财富。

因为随园，因为美食，袁枚创造了一个又一个奇迹。

76岁的时候，袁枚得了一场重病，他本以为自己命不久矣，便找来一帮名士，在随园给自己搞了个纸上追悼会。没想到他挺过来了。六年后，他才寿终正寝，享年82岁，葬在随园后山的家族墓地，彻彻底底地和他喜爱的那片山林融为了一体。

临死前，袁枚还在不停地叮嘱两个儿子，写他的讣告要特别注意纸张的选用，要"用淡红纸小字写讣，不可用素纸，其余平行用小古简最雅，用大纸便市井气"。他又害怕死后尸体变硬穿靴子不合适，又提醒他们以那双极其华丽的刺绣鞋搭配白绫袜为最妙。这些都交代清楚后，他才摘下西洋金丝眼镜，心满意足地离开了这个让他爱得深沉的世界。

不知道，转身离去的那一刹，随园老人袁枚心心念念放不下的，究竟是他身边的那些美姜娇姬，还是诸如刘霞裳、金凤、桂官之类的情郎？俱往矣，是谁都不重要了，且在他两行清泪的不舍中，满饮了这撒满一地的温柔缱绻的相思吧！

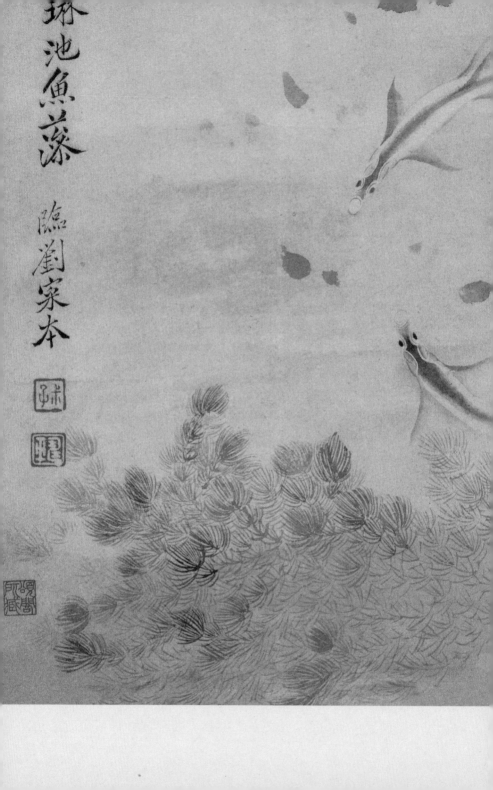

瑤池魚藻

臨劉寀本

● 清·恽寿平《花鸟册·琳池鱼藻》

图书在版编目（C I P）数据

一字一句皆入魂 / 吴俣阳著 . -- 北京：台海出版社，2023.7
ISBN 978-7-5168-3565-4

Ⅰ.①一… Ⅱ.①吴… Ⅲ.①散文集 – 中国 – 当代 Ⅳ.① I267

中国国家版本馆 CIP 数据核字（2023）第 093044 号

一字一句皆入魂

著　　者：吴俣阳

出 版 人：蔡 旭　　　　　　　　责任编辑：俞滟荣

出版发行：台海出版社
地　　址：北京市东城区景山东街20号　　邮政编码：100009
电　　话：010-64041652（发行，邮购）
传　　真：010-84045799（总编室）
网　　址：www.taimeng.org.cn/thcbs/default.htm
E-mail：thcbs@126.com

经　　销：全国各地新华书店
印　　刷：天津明都商贸有限公司
本书如有破损、缺页、装订错误，请与本社联系调换

开　　本：880毫米×1230毫米　　　　1/32
字　　数：200千字　　　　　　　　印　　张：9
版　　次：2023年7月第1版　　　　印　　次：2023年7月第1次印刷
书　　号：ISBN 978-7-5168-3565-4

定　　价：59.80元